卒業のための犯罪プラン

浅瀬 明

宝島社
文庫

宝島社

卒業のための犯罪プラン

1　学内通貨

そこでは、学生たちがおもちゃのお金欲しさに、大人を凌駕（りょうが）する知恵で欺き合っていた。

商いの魔術師とも呼ばれた八重樫（やえがし）電機の創業者八重樫國彦（くにひこ）は晩年、諸外国との競争力を失いつつある日本経済に危機感を抱いていた。一度は技術力で世界の産業を牽引（けんいん）していたはずが今ではその面影も感じられず、培った技術も優秀な技術者たちも次々と国外へと流れていってしまう。今の日本には技術を金につなげる人間が足りない。それを憂（うれ）いた八重樫は会長職を退（ひ）くと、独自理念を掲げた新たな大学の設立に尽力した。

設立された大学の名は木津庭（きづにわ）特殊商科大学、通称「庭大（にわだい）」と呼ばれている。創立からすでに十年が経（た）つが、八重樫の知名度によって優秀な学生が全国から茨城北部の田舎に集まってくる。この庭大がほかと大きく違っている点は、事業ポイントと名づけられた学内の独自制度にあった。設立時に八重樫が最後までこだわったのは学内で商売ごっこができる環境だった。事業ポイントとはそのための学内限定の通貨にあたる。学生たちはときに労働でポイントを稼ぎ、ときに学生同士で創作物やサービスの売買をおこなってポイントを得る。そうやって学生のうちからビジネスに触れることで、抜け目のない商売人が育つと八重樫は考えた。

それがおもちゃの通貨の商売ごっこだとしても、学生たちはそれに真剣に取り組まざるをえない。庭大で最も評価されるのは学期末試験の成績ではなく、稼いだポイントの量であるからだ。ここでは授業の単位でさえ、ポイントで売買することが認可されている。この仕組みが、学生たちを熱中させた。しかし、その熱が八重樫の想像を超えていた。

豊かな発想に満ちた若く才能ある学生たちは自らの創意工夫でもって学内で事業を起こし、次々と新たな手法でポイントを生みだしていった。需要と供給が学内で循環し、狭い箱庭はすでに小さな経済圏を形成している。さらには学生の考えたビジネスが学外からの注目を集め、企業から多額の資本が流れこんできている。大学設立から十年で、事業ポイントはたんなるおもちゃの通貨ではなくなりつつあった。

敷地内の海岸側に建てられたサークル棟で、降町歩(ふるまちあゆむ)は長いこと一枚の張り紙を眺めていた。庭大のサークル棟は教員たちの目が届きにくい、言わば学生たちの自治区だ。

二階の奥から三番目の部屋の扉に貼られた「数理指南塾」の文字に降町は尻ごみをしている。降町が入学してすでに一年半が経つが、サークル棟に足を踏み入れること自体が初めてだった。十年前に建てられたばかりのまだ新しい建物のはずだが、張り紙が貼られた木製の扉にはおびただしい数のセロハンテープの痕跡がある。何度もこの部屋の主が変わり、そのたびに扉の紙は貼り替えられてきたのだろう。降町は剝がれ残ったテープの切れ端を指でなぞった。これがこの大学の激しい競争と淘汰の証拠だ。

庭大においてのサークルはほかの大学のサークルとは意味合いが違う。共通の趣味を持つ者の集まりではなく、いわゆる企業のようなものだ。事業計画を立てて設立され、労働の対価を求める部員を集め、みんなで協力して事業ポイントを稼ぐ、営利を目的とした集団である。その中でも効率よくポイントを稼ぎだせたサークルだけがサークル棟に部室を得ることができ、営業利益が落ちこめばその部屋は奪われる。

夕日の差しこむ廊下でしばらく葛藤した末、やっと降町は目の前の扉を開けた。

カーテンのかかった薄暗い室内。細長い部屋の手前にテーブルが置かれ、二人の女子学生が向かいあって座っていた。扉の開く音に気がついてすぐに一人の女の子が手元のスマホから顔をあげ、大きな目で降町を見る。明るい茶色の髪をして、耳には大きなピアスを着けている派手な印象を受ける女の子だ。彼女が熊倉凛子だろうとすぐに降町は気がついた。噂で聞いていたとおり、整った顔つきをしていたからだ。

「いらっしゃい。初めての人ですね」

熊倉は降町ににこりと笑いかけた。熊倉のその表情を見たとたんに緊張が急速に高まって、降町の口からは上ずった返事が出た。

「は、はい」

そんな降町の反応を見て熊倉はくすくすと笑う。

「怒られている人みたい。別に責めてないよ」

「いやそんな……」

湯気が出そうなほど顔が上気しているのが自分でもわかった。

「ここには誰かの紹介で？」

「友達の中川智也君にここの話を聞いて」

「へえ、中川くんの友達にしてはだいぶ真面目そうだね」

「そ、そうですか」

じっとこちらに目を合わせてくる熊倉を直視していられず、降町はつい視線を宙に泳がせてしまう。テーブルにはもう一人短髪の女の子が座っていたが、彼女は静かにスマホを見たままで、熊倉と降町が会話を交わすあいだも一度も顔をあげていない。

「髪も染めてないし、中川くんと違って遊んでない大学生って感じで私はいいと思うけど。中川くんの友達ってことは君も二年生なの？」

「はい」

「学生番号は？」

降町が自分の学生番号を答えると、熊倉はスマホにその数字を打ちこんでいった。

「降町歩くんか。経営学科なんだ」

学内でポイントの支払いをおこなうアプリを使えば学生番号から学生名や学科が照会できる。熊倉が使っているのもそれだろう。

「えっと、あなたは？」

熊倉の名前を降町はすでに知っていたが、素知らぬ顔で尋ね返した。

「そっかごめん、まだ名乗ってなかったね。私はマーケティング学科二年の熊倉凛子。よろしくお願いします」

熊倉は仰々しくお辞儀をした。つられて降町も頭を下げる。

「よろしくお願いします」

挨拶を交わし終え、熊倉は立ち上がって降町を部屋の奥へと招き入れた。本棚を横目に見ると数学や物理の書籍ばかりが並んでいたが、どれもほとんど汚れていない。

この数理指南塾は設立半年以下の新しいサークルで、活動内容は理系科目が苦手な学生の支援とされている。学内の講義でのレポートや試験の対策から、学外でおこなわれている検定の取得サポートや就職活動時のウェブ試験の対策などが主な仕事で、その対価として顧客の学生からポイントを受け取っているようだ。家庭教師サークルと呼ばれるくくりで、庭大には似たサークルがいくつも存在している。事業のアイデアとしては平凡だが需要はそれなりにあるようで、長く続いているサークルも多い。ただこの数理指南塾はその中でも異質なサークルだと聞いていた。

「じゃあ降町くん、奥のソファに座って」

細長い部屋の奥には黒いソファと低いテーブルが置かれていた。熊倉に促されるまま降町は三人がけのソファの右端に腰かける。するとすぐに熊倉がその真横に座った。三人は座れるソファなのに熊倉が降町との距離を詰めて座ったので、膝や肩が今にも触れ合いそうな位置にある。降町は慌てて熊倉から顔をそらしたが、熊倉のほうから漂ってくる柔軟剤の香りが彼女の存在を強く意識させる。降町の心臓が強く脈打ちはじめた。

「近いです」

「そんなことないよ。あと敬語は使わなくていいからね。私も同級生なんだから」

そう話しながら熊倉は降町の太ももに軽く触れた。

「あっ、はい」

「うちのサークルの料金システムについては中川くんから聞いてる?」

「いや、聞いてない……です」

熊倉に顔を向けられないまま、床を見て降町は話す。

「一応、指導料って名目で一時間につき三千五百ポイントもらっているのと、学外のカラオケ行くとかツーショット写真撮るとかのオプションは外貨での支払いになるから」

「えっと、外貨ってドルとか？」

降町が首を傾げると、熊倉はおかしそうにあははと笑った。

「事業ポイントじゃなくって、現金で払ってってことよ。ポイントでやり取りすると大学側に把握されちゃうでしょう。日本円でいいの。あなた本当に庭大生？」

降町はどきりとして、慌てて話を繕う。

「俺はこれまで学外のバイトばっかりしてきたから、大学ではただ授業に出席しているだけで。だから、あんまりサークルとかポイントとかのこと詳しくないんだ」

まるで言い訳をしているようだったが、そんな降町を熊倉は疑う様子もなくむしろ驚いた顔をしていた。

「せっかく庭大に来たのに、学外のバイトなんてもったいないよ」

「そう、かな。でも、俺は家があんまり裕福じゃなくって、学費は出してもらっているけど生活費は自分でなんとかしなくちゃいけないから」

庭大に入学してからの一年半、降町はバイト漬けの生活を送ってきた。夜や休日はコンビニのシフトに入り、大学のある日も空き時間に短期のバイトを入れた。ときどき空いた隙間の時間さえもレポートや試験勉強で奪われてしまう。これまでの降町にはサークルに入ってポイントを稼ぐ時間など残されてはいなかった。

降町が暗い顔をすると、熊倉は眉を吊り上げて降町の顔を覗きこんできた。

「あのね、学内で働いたほうが割がいいよ。学食はポイントで払えるし、学生寮も家賃をポイントで支払わせてくれるところがあるから、ポイントだけでもそれなりに暮らせるんだよ。それに何よりも、ここではどれだけポイントを稼いだかが成績につながるんだから、中で働かないなんて損なんだって」

熊倉が熱弁をふるう姿につい降町は見入ってしまっていた。熊倉がこの大学に愛情や誇らしさのようなものを抱いていることがその発言からうかがえる。

「学生寮も考えたんだけど、どこもすでに埋まっていたみたいで」

「庭大の学生寮はかなりの人気だからね。事情に詳しくない一年生はまず入れないって。サークルやゼミとかで働いて先輩たちとコネを作っておけば、卒業して出てくときに空いた部屋に入れてもらえるらしいよ」

「コネか」

降町がこの大学で付き合いのある先輩は一人しかおらず、コネなどほぼないようなものだ。

「降町くんは学内でバイトしたことないの?」

「この前の夏休みにオープンキャンパス関連のバイトをやったよ」

一年半ものバイト生活で貯蓄に多少の余裕が出てきたこともあって、そろそろ学内でのポイント稼ぎに精を出してみようと、手始めにオープンキャンパスにきた高校生に大学を案内するスタッフをやった。高校生に色々と質問をされたが、学外のバイトばかりしていた降町にはこの大学のよいところをうまく答えられなかった。熊倉を見ているともっと興味を持ってもらえるやり方があったように思える。

「ああ、大学行事系かー。資本元が大学だから規模は大きいのよね。リスクもないし。でも、割のいい仕事を探すならサークル系をじっくり漁ったほうがいい」

熊倉の話からは聞きなれない言いまわしがいくつも出てくる。それも庭大独自のものだろう。

「オープンキャンパスの仕事をくれたのはサークルだったよ。『ガーデンワーカーズ』って名前のとこ」

庭大には学内の求人専門のアプリがあり、その仕事もそれで見つけた。

「そこは行事の下請けサークルよ。大学行事の仕事はいくつかの大手サークルが入札で大学から請け負うの。公共事業なんて呼ばれ方もしてる。で、入札したサークルが学生から人員を集めて行事を運営しているの」

「熊倉さん、本当に詳しいね」

「降町くんが知らなすぎるのよ」

熊倉は降町と目を合わせてにこりと笑った。降町は恥ずかしくなってすぐに視線をそらしてしまう。

「えっと、サークル系だと時給がいいの？」

「中にはいいところもあるの。ずいぶんと荒稼ぎしてるところもあるし」

「このサークルみたいに？」

降町が一歩踏みこんだことを聞くと、熊倉はゆっくりと口元を緩(ゆる)ませた。

「ひどいこと言うなあ。良心的な価格でしょう」

同意を求められて、降町は苦笑いを返す。

「あまり良心的なサークルではなさそうだけど。数理指南塾って名前はどうして？」

「それね、ソファに座って楽しくおしゃべりするだけでポイントを支払ってもらう事業って申請してもサークルが作れないのよ。だからちょっとだけ工夫をしているの。ずるいと思うかもしれないけど、これくらいのことみんなやっているから」

実際のところ、ポイントを払ってでもここに通う男は多いのだろうなと降町は思った。外見だけでなく、話し方や細かな所作までが熊倉は魅力的だった。

「ここは熊倉さんが作ったの？」

「うん、そうよ。既存のサークルに入って働くよりもやっぱり、自分で一からサークルを作るほうが稼げるって気づいちゃったから。まあ、一ポイントも稼げず潰(つぶ)れるサークルもあるけどね」

企業に就職するよりも、起業したほうがリスクはあるがリターンも大きい。そこは現実と変わらないのだと降町は感心した。

「いいアイデアだよね」

「そんなわけないでしょう。思ってもないこと言わないでよ」

熊倉が初めてむすっとした顔を見せたので、降町は慌てて首を横に振った。

「いや、本当に……」

「こんなキャバクラみたいなことなんて誰だって思いつくでしょう。これはアイデアじゃなくて技術で稼いでるの。でも、私だってできることならアイデアで稼ぎたい。そのためにこの大学に来たのに」

「ごめん」

降町の口から謝罪の言葉がついて出た。降町の謝罪に熊倉もはっとした様子で申し訳なさそうな苦笑いを浮かべた。

「怒っているわけじゃないよ。あのね、本当に稼げるいいアイデアっていうのはタイムマシンみたいなもののことを言うのよ」

タイムマシンという突拍子もない単語に降町は思わず首を傾げた。

「タイムマシンが稼げるって言い方、初めて聞いた。確かにタイムマシンがあればお金を稼ぐ方法はいくらでもあるかもしれないけど」

ただ、タイムマシンなんてあまりにも非現実すぎる。呆(あき)れ気味に言ったつもりだったが、降町よりも熊倉のほうがずっと呆れた顔をしていた。

「何言っているの。この大学にはタイムマシンがあるんだよ。時岡融(ときおかとおる)のタイムマシン事業のこと、降町くんってばそれも知らないの？」

2　庭大タイムトラベル

在籍している庭大生の中に三人の傑出した学生がいる。彼らは独自の発想で学内事業をおこない、それぞれが並はずれた額の事業ポイントを稼ぎだした。その功績で、学生のみならず教員陣からも注目と強い期待を集めている。実際に学内で現在流通しているポイントの約半分はこのたった三人によって占有されているといって過言ではない。学生の誰かが彼ら三人のことを賢人と呼びはじめ、その呼称は瞬く間に広まった。庭大の三賢人の話となると、学生たちはみな目を輝かせる。

「三賢人の時岡さんを知らないなんて」

熊倉は昼間に幽霊でも見たかのように驚いている。

「な、名前は聞いたことあるよ」

「なんで名前を知っててタイムマシンのこと知らないの」

「えっと、その、時岡さんはタイムマシンを作っているってこと？」

「作っている途中とかじゃなくて、作ったのよ。そういう事業を」

実は幽霊は実在していると言われたほうがまだ信じられる話だと降町は思った。幽霊がいたところで世の中はたいして変わらない気がするが、もしタイムマシンがあったなら現実は一変することだろう。

「そんなものが完成していたら、もっと世界的なニュースになっているんじゃ」

降町の反応を熊倉は愉快そうに眺めている。

「あのね、時岡さんのタイムマシンは技術的にはたいした代物じゃないの。すごいのはその発想よ」

「どういうこと?」

「過去に戻って歴史を変えることはできないけど、過去を見ることだけならできるから」

「ドラえもんよりはガンダムのほうが現実的ってことくらいの話に聞こえる」

「何それ、変なたとえ。話の邪魔しないでよ」

「……ごめん」

「仮に地球から五十光年離れた位置に鏡のようなものがあったとして、そこを覗きこむと百年前の地球の姿が映るでしょう。過去を見ることは科学的に不可能なことじゃない」

一億光年離れた星の光は、一億年前の光で今はもうその星は存在していないかもしれないなんて話を降町も聞いたことはある。熊倉の話も理屈で言えば同じことだろう。百年前の地球から発せられた光が、五十光年離れた遠くの鏡に反射して往復百年かけて帰ってくる。その光は確かに百年前の地球の姿を映すかもしれない。

「理屈はわかるけど、それも非現実的な気がする」

「そうね。もっと簡単に百年前の景色を見る方法があるのよ」

話に熱の入った熊倉がぐっと顔を近づけてくるので、降町は大きく身をそらした。

「は、はい」

「もし百年前にカメラをセットして景色を録画し続けていたなら、百年前の景色が今見れるでしょう。それも一種のタイムマシンみたいなものよ」

熊倉の話をそこまで聞いた時点で降町は話の要点を理解した。

「ああ、なるほど。つまりは百年後のために今からカメラをセットしておけばいいと」

「察しがいいねー」

熊倉は喜んでいるが、正直なところ降町は肩透かしを食らったような気分だった。

「でもさ、それってすごいのかな?」

一台のカメラで撮れる景色などたかが知れているし、百年間も録画し続けるコストに対して得られるリターンが見合っていないように思える。

「それだけだったら平凡なアイデアだっただろうし、実現もしなかったでしょうね。

時岡さんがほかの人と違っていたところは、それを投資対象にしたことよ。あとは、魅力的な謳い文句と共に売り出したことかな。今、庭大の敷地内には二千台のカメラが設置されているの。大学の敷地内で起きたことはたいてい録画されている。その二千台のカメラと百年分のデータが保存できる二千台のサーバー、そしてこれから積もり積もっていくであろう録画データ。およそ二年前にこれらを販売したのが時岡さんのタイムマシン事業よ。だから、この大学のどこで何が起きていたか二年前までなら遡って見ることができる。録画データは年々増えていって、百年かけて価値が上がっていくって仕組み」

その話に引っかかるところはいくつもあったが、いちばん腑に落ちたことが降町の口からついて出た。

「そういえばこの大学、監視カメラだらけだ」

天井に黒いドーム型のカメラがいくつもついているし、屋外にも三百六十度録画できるカメラがそこかしこに設置されている。

「カメラを設置したとたんに治安がよくなったって、仲のいい先輩が言ってたよ。みんなポイ捨てさえしないから、道にはゴミひとつ落ちてないでしょう」

「そっか、大学内であったことを全部記録されているのか。でも、それっていいの？」

「大学なんだからプライベートも何もないでしょう。それに研究の一環って扱いだからね。時岡さんが修士課程一年生のときで、所属していた研究室と外部の企業との共同事業だったんだよ。大学側もかなり力を入れてたみたいだし」

納得できないところはまだいくつかあった。

「でも、かなりの規模の費用がかかっていそうだし、安くはなかったんでしょう。よく二千台分も売れたよね」

「百年分の録画データの積み重ねが、百年後にそれだけの価値を生むと思わせることができれば売れるのよ。今も権利が売買されてて値が上がり続けているし」

「さっき言ってた魅力的な売り文句って?」

話を急かすように降町が尋ねると、熊倉はもったいをつけるようににやにやと笑って間をおいた。

「今の時代に作られた暗号は技術革新で近い未来に解かれてしまうかもしれないけれど、千年経っても過去に戻ってカメラを設置することはできない」

「暗号って、仮想通貨とか暗号資産とかのこと?」

「そう、時岡さんのおもしろいところはね。単なる録画データを暗号資産と比較して売り出したってことよ。暗号資産は暗号が解けないから安全で信頼できる資産なの。だから、価値がある。でも、技術が進んで簡単に解析できるようになると、その安全や信頼がなくなってしまうでしょう。ということは、未来では価値が失われているかもしれない。それに比べて、過去に戻ってカメラを設置してそこから録画を始めるなんてことはどれだけ時代が進んでもとうていできはしないじゃない。過去の暗号よりも、過去の世界の映像データのほうが未来では価値が出るってことを強調したの。ちょうど暗号資産の値上がりが頭打ちだったころで、多くの投資家が興味を持って流れてきたみたい。タイムマシンって名前も人を惹きつけてやまないものだしね」

大学の敷地を丸々百年分も録画したデータであれば学術的な価値も生まれるかもしれないと、考えこんで降町は低く唸った。百年前の大学の風景が動画で見られると言われたら興味も湧く。お金があったなら自分も投資してみたいと確かに思わせるだけの魅力が熊倉の話にはあった。

「それって誰でも見れるの？」

「無料じゃないけど登録すれば見れるよ。時間をスクロールできるストリートビューって感じかな」

熊倉はポケットからスマホを取りだすと、降町からも画面が見えるように体ごと寄せてきた。降町は肩に熊倉の体重がかかっていることのほうがアプリの出来よりも気になって仕方なかった。

熊倉が庭大タイムトラベルと名前のついたアプリを起動すると、最初に大学の全景が映った。近くの鉄塔から撮影しているようだ。画面の下には時間の書かれたスクロールバーがある。地図に触れるとその場所の現在の映像が表示され、時間のバーを動かすと時間が巻き戻っていく。映っている個人の顔は特定できないようにぼんやりと霞がかかっていたが、知り合いであれば服装や体格から予想がつきそうだ。

「確かにおもしろいけど、便利かなあ？」

「色々と悪いことにも使えるけど、とりあえず黒板が映ることが便利かな。教室にもカメラ設置してあるから授業風景が丸々見れるよ」

「その悪いことって？」

「聞かないほうがいいんじゃないかな」

熊倉は満面の笑みではぐらかした。

「ほかにも大学生活で役立つアプリとか知っといたほうがいいサークルとか、私が教えてあげるよ。降町くんそういうのも詳しくないでしょう」

「それはオプションじゃないよね」

「失礼な。ただの親切だよ」

学内に友人のいない降町にとっては本当にありがたい申し出だった。熊倉はスマホの画面のアプリアイコンをひとつずつ指さしていく。

「学内の求人アプリは二種類あるけど『ニワルート』がおすすめ。なんでかこっちのほうが時給高い求人多いんだよね。あと庭大生情報サイトの『ガーデン速報』はサークル系の情報がすぐ出回るよ。最近はどこのサークルが儲けてるとか、大手サークルが経営悪化してサークル棟追いだされたとかね。このサイト見てたら三賢人のことを知らないなんてありえないから。それから、この庭大生専用の実名レビューアプリの『中庭ビュー』も結構使える。商品のレビューサイトなんだけど実名でしか書きこめないし、同世代のコメントしかないから評価がかなり信頼できるの」

「待って、ちょっとメモらせてほしい」

「そっか、そうだよね」

降町がスマホを取りだしてアプリの名前を打ちこんでいくのを、熊倉はぴったりと体を寄せるようにして覗きこんできた。降町の指の動きをじっと見て、打ちこみ終えると同時に話を再開する。

「それからアプリじゃなくて紙の雑誌なんだけど、授業とか単位の紹介している『庭のとも』は履修科目を決めるのに必須かな。試験やレポートの有無とか、単位修得の難度とか載ってて参考になるよ。毎年、春のうちに売り切れちゃうけどね」

降町が庭のともと打ちこみ終えると、熊倉はまたすぐに話の続きを始める。

「あとは期末試験の予想問題を売ってるサークルがいくつかあって、それも庭のともに載ってる。どの授業の問題集をどこで買えるかとか」

試験の予想問題と聞いて、降町は手を止めた。

「予想問題って合法な？」

降町は真剣に聞いたつもりだったが、熊倉は声を上げて笑った。

「違法な予想問題なんて初めて聞いた」

「いや、それはそうなんだけど」

「ちゃんと事業申請して大学から許可を得たサークルが作ってる安心安全の予想問題だよ。教授の机の引き出しから盗みだしたものなんかじゃなくてね」

「それをもっと早く知りたかった」

予想問題があれば試験対策もずいぶんと楽だっただろうと悔やまれる。

「サークルの予想問題を意識してわざとはずしにくる先生もいるから、練習問題程度に思ったほうがいいけどね。あと本当かどうか知らないけど、予想問題のあまりのできのよさに感心して、次の年の試験に数字だけ変えて問題を採用した先生がいたって話も聞いたこともあるよ」

熊倉の話を聞きながら、降町は鼻の頭を掻いた。これまで一年半も自分が通っていた大学とはまるで違う場所の話をされているような気がしてしまう。

「それって、全部学生が作ってるんだよね」

「えー、先生が予想問題作って売ってたらそれこそ問題でしょ」

「いやその、アプリとかウェブサイトとか雑誌とか全部がね」

降町にとっては自分と同じ大学生がやっているとはとうてい思えないことばかりだった。

「降町くん、また当たり前のこと言ってる」

「当たり前かな。みんながポイントを稼ぐために考えて工夫して働いて、その稼いだポイントを使って学園生活を便利にしたり楽しくしたりできる。それがちゃんと循環してて、俺には当たり前じゃなくってすごいことに思える」

言いたいことを降町はうまく言葉にはできなかったが、熊倉の表情を見たらちゃんと伝わっているのだとわかった。

「社会ってね、そういうものだよ」

それはとても腑に落ちるひと言だった。

「もっと早くサークルとか学内バイトとか色々やっておけばよかった」

「二年生なんだからまだ全然間に合うでしょ。これからだよ。せっかく庭大に来たんだから、死ぬ気で稼がなくちゃ」

「ああ、だよね」

恥ずかしさが急に胸の奥から湧き上がってきて、降町は苦笑いで言葉を濁した。

「変な返事」

降町が気まずそうに目を伏せて会話が途切れたところで、入り口のテーブルに座っ

ていたもう一人の短髪の女の子が椅子から立ち上がった。ずっとスマホをいじってい
て身動きひとつしていなかったから、動いた瞬間すぐに降町の視線がそちらにいった。
椅子に背を丸めて座っていたときは気がつかなかったが、立ってみると彼女はかなり
背が高く百八十センチ近くありそうだった。
「凛子さん、ライン来てますよ」
それが降町が部屋に入ってから初めて彼女が発した言葉だった。はきはきとした熊
倉とは対照的にぼそぼそと暗い声で話す。
「ありがと、真由ちゃん。話すのに夢中で気づかなかったや」
真由と呼ばれたのを聞いて、数理指南塾のもう一人の部員が桜田真由という名前だ
ったことを思い出した。降町の見た資料では経営学科の一年生と書かれていた。
桜田に声をかけられた熊倉はちらりと自分のスマホの画面を見たが、すぐにポケッ
トにしまいなおした。
「俺のことなら気にせず返事してよ」
「いいの、想像どおりの内容だったし。それより降町くんも喉乾いたよね。真由ちゃ
ん、お茶取ってくれない?」
熊倉は桜田に優しい笑顔を向けた。桜田は無表情でうなずいて、足元に設置された
小さな冷蔵庫を開ける。

「あの子も熊倉さんみたいにおしゃべりするの？」

明るく話し上手な熊倉とは対照的に見えた。同じ仕事をしているようには見えない。

「真由ちゃんは用心棒なの。総合格闘技やってて、すっごく強いんだよ。おかしな人とか来たときのために一緒にいてもらっているんだ」

こういう商売に対人トラブルは付きものなのだろうなと降町は推し量った。

「紹介制にしてはいるんだけど、それでも来ちゃうんだよね、思わぬ厄介事が」

「厄介事って言い方」

熊倉の似合わぬ言葉遣いに降町は笑ったが、それを言った本人はさっきまでと打って変わって真顔になっていた。楽しそうに熱弁をふるっていたあの笑顔の面影はない。

「さっきのライン、中川くんからだったんだ。降町くんが中川くんに紹介してもらったって言うから、一応確認しとこうって思って送っといたの。そしたら『そんなやつ知らない』だって。おかしいよね、友達のはずなのに」

降町が言い訳をする前に、ドンッと大きな音を立てて降町の目の前にペットボトルの緑茶が置かれた。突然轟いた音に降町はびくりと肩を震わせる。いつの間にか降町のすぐ横に桜田が立っていて、ソファに座る降町を遥か頭上から見下ろしていた。近くで見ると彼女がアスリートの体つきをしているのがわかる。

顔を背けようとする降町に、熊倉は容赦なく詰め寄ってきた。

「あなたは一体、何者なのかな」

3　本当の天才

降町が庭大を受験しようと決めたのは、高校の先輩である黒河和永（くろかわかずなが）が庭大に在籍していたからだ。黒河という人物は高校では目立つ存在だった。降町が初めて黒河のことを知ったのは、高校のSNS公式アカウント乗っ取り事件のとき。当時一年生だった降町の教室に、三年生の黒河がやってきて颯爽（さっそう）と犯人を捕まえていった。そのときの目つきの悪い黒河の不機嫌な表情をいまだに降町は覚えている。あとになって、それが学内の有名人で黒河という名なのだと知った。洞察力や判断力に長（た）けた黒河の前では謎はすぐに解かれ、秘密というものはたちどころに暴かれてしまう。成績優秀で素行もよかったが、歯に衣（きぬ）着せぬ言動と苛立（いらだ）ちを隠さない顔つきのせいで周囲からは嫌われていた。

ただ降町はそんな黒河を慕い、黒河の後ろを付いてまわった。

「黒河さんは損してますよ。愛想よくしとけばきっとみんな優しくしてくれるのに」

黒河が卒業するまでの一年間に交わしたたくさんの会話の中で、降町の印象に強く残っている話がある。

「損している、か。降町、おまえは損得には二種類あるのを知っているか？」

それは黒河が教頭に頼まれてバスケ部の備品盗難事件を調べているころのことだった。黒河と降町の二人は部員から詳しい話を聞くために、部活が終わるのを体育館の隅に座って待っていた。まだ待っているだけだというのに、練習中のバスケ部の部員たちは黒河の姿をちらちらとうかがっては嫌そうな顔をしている。

「黒河さん、そのなんとかは二種類あるってフレーズ使うの好きですよね」

「うるさいな。暇なんだろ、黙って聞いとけよ」

降町が肩をすくめると、黒河はちいさく舌打ちをして話を再開した。

「おまえが卵をスーパーに買いにいくとする。あるスーパーでは一パック二百円だった。隣のスーパーでは同じ卵が一パック百八十円だった。それを知ったおまえは百八十円で卵を買った。これは得しているか？」

「得してますよ。スーパーで卵買ったことないですけど」

「でも、実はおまえが買い物を終えた直後にタイムセールが始まって、一パック百六十円で売られはじめた」

「えっ、ずるくないですか、それ」

「これは損しているか？」

「まあ、損している気がしますよ、そりゃ」

降町が不満たっぷりの顔を見せると、黒河はにやりと笑った。

「セールがあったことを知らなければ得したと思っていたのに、知ったとたんに損した気分になるような損得なんてくだらないだろ。こんなのは相対的に損得を感じているだけで、損や得が実在しているわけじゃない」

「いや、二十円の差が実在していますよ」

「どこかにもっと安い店があったかもしれないし、地域によってはもっと高かったかもしれない。俺が勝手に言っているだけだ。そうやってたんに店ごとの値段を比べたところで終わりはないさ」

「じゃあ、黒河さんはこの話でどうやって損得を判断するんですか」

すると黒河は降町の腹を軽く叩いた。

「その百八十円の卵で自分がどれだけの満足を得られたか、だよ。目玉焼き食って、卵かけご飯食って、オムレツ食って、得られたものが百八十円って値段に見合っているか。本当に損したか得したかを決めるのはそれだけだ」

その黒河の解答は降町の心をしびれさせた。ぽかんと口を開けたままの降町の表情を確認すると満足そうに黒河は話を続けた。

「ほかにも、会社の同僚が同じ給料をもらっているのに自分よりしている仕事の量が少ないってときに、自分は損をしているのかって問いでも同じだ。そんなのは自分よりおいしい思いをしているやつがいるってだけのことだろう。世の中にはもっと楽して、巨額の富を築いている人だっているかもしれない。そんなふうに他人と比べていったってきりがないだろ。所詮、得られるのは相対的な損得の感触だけだ。損か得かを決められるのは、自分にとってその労働と得られる対価に釣り合いが取れているかじゃないか」

降町はゆっくりと黒河の話を呑みこんでから、首を縦に振った。

「わかる気がします。すごく、とても」

「この高校は生徒も先生も相対的にしか損得を判断できない馬鹿ばっかりだ。そんなやつらに無理して愛想を振りまくことで、俺が得をするのか損をするのか。それを判断できるのは俺だけなんだよ」

黒河が卒業するまでのあいだ、降町はたびたび黒河に付きまとっていたが、黒河が降町を追い払うことはなかった。降町にとって黒河は最も尊敬できる人間であり、黒河のほうも降町のことを鬱陶しくは思っていなかったようだ。

ただ、黒河が高校を卒業して地元を出ると一気に疎遠になった。夏休みや正月に黒河が地元に帰ってきていたかどうかすらも降町は知らない。初めは慕っていた先輩がいなくなったことが寂しかった降町だったが、すぐに黒河のいない生活にも慣れた。

進路希望調査票に黒河が進学したのと同じ大学名を書いたのは、黒河に会いたかったとかそんな感情からではない。なんとなく、憧れた人が選んだのと同じ道を歩いてみたかったからだ。

それに降町が庭大を選んだのにはもうひとつ理由がある。大学に行くならば地元から遠いところがよかった。長男で下に弟も妹もいる降町は、早く実家から離れて自立したいという気持ちが強かった。その点で庭大は都合がよかった。

降町の家庭はあまり裕福でないため、両親は地元から遠く離れた私立大学を受験することに初めは難色を示していた。ただ降町が自分で生活費を稼ぐことを条件に二人は折れてくれた。

庭大に合格したとき、降町はすぐに黒河にラインを送った。黒河からの返事には祝福の言葉がつづられていたが、どこかそっけないように降町には感じられた。庭大に入学してからも降町はバイトに追われた生活を送っていて、黒河と連絡を取り合うことはなかった。ときどき、キャンパス内で黒河を見かけることもあったが、黒河も忙しそうにしていてすれ違いざまに挨拶を交わすくらいのことしかできなかった。

学業よりもバイトばかりを優先させて、学内では友達を一人も作れていなかったが、それでも降町は自分がちゃんと学生生活を送れていると思っていた。第一志望の大学に通って、授業には必ず出席しているし、単位も順調に修得している。自分より学生生活を楽しんでいそうなやつは確かに見かけるが、このバイトばかりの生活が損なのか得なのか、それを決めるのは自分なのだからと。

そう思っていた降町の状況が一変したのは二度目の夏休みのことだ。バイトにも慣れてきて、そろそろ大学のサークルや友人作りに精を出してみようかと考えていた矢先だった。帰省しているあいだに父親が脳梗塞で倒れた。幸いなことに母の対応が早かったから命は助かったものの、父の右手には強い麻痺が残った。父の仕事は自営業で、祖父の代からの中古カメラ販売店を営んでいる。父の店にはデジタルカメラは一台もない。時代の流れにおいていかれた古臭いフィルムを使うカメラばかりがショーケースに並ぶ。最近では売れることよりも、買い取りの依頼が来ることのほうが多かったらしい。それでもなんとか店が存続していたのは、定期的に来る修理の仕事のおかげだった。しかし、利き手に麻痺が残った状態では、精密な作業を要求されるカメラの修理はもうできないかもしれない。

店を閉めることになるだろうと、大学に戻る前日に降町は母から告げられた。

「ちゃんとしたことはお父さんが退院してから決めるけど、続けるのは難しいと思う。お父さん自身もかなり気を落としているし」

「……うん」

「ただ、お父さんのお店ってかなり借金があるのよ」

そうではないかと降町も薄々と感じていたが、実際に母から言われると胸にこたえた。

「珍しいカメラ見るとすぐ買い取っちゃうから、だよね」

「売れないのにね。その売れない在庫をどうするかも、お店や家の土地をどうするかもまだわからない。けど、土地を売ったところで借金はかなり残ると思うの。だからね、申し訳ないんだけど、今の家計の状況じゃあんたの来年の学費を払えないかもしれない。今回のお父さんの入院で貯金だってほとんど切り崩してるの」

実家も兼ねた店の建物や土地を売るということは、これまで暮らしてきた家を失うということでもある。母も働いているが収入は多くないし、降町には弟と妹がいる。元々、降町が地元を出て私立の庭大に通うこと自体が、降町家の家計にとっては大きな負担だった。

「えっ、じゃあ、大学をやめなくちゃいけないってこと?」

「いいえ、確か入学するとき自慢げにあんた言ってたわよね。これから行く大学はポイントで単位が買える。大量のポイントを稼げるなら一年で卒業することも許されているって」

庭大は四年制大学だが、特例的に飛び級での卒業制度を認可されていた。創立者の八重樫國彦がこだわったことらしい。ずば抜けて優秀な才能を見つけたのであれば、すぐにでも卒業させて起業を支援するべきだと。

「言ったけど」

母の言いたいことはわかるが、できそうにない。一年半通って、いまだにポイントをほとんど稼いでいないのだから。降町はその言い訳の言葉を飲みこんで深くうなだれた。

母はしばらく黙って降町の言葉の続きを待っていたが、先にその沈黙を破ったのは母のほうだった。

「お願いだから、今年度で卒業してください」

涙を浮かべた母は息子に向かって頭を下げた。

「……俺、まだ二年生だよ」

「あんたが来年から働いてくれるならお母さんたちも心強いし、お父さんがこんな状況でも下の子たちを大学へ行かせられるかもしれない」

そんな言われ方をして、母に無理だと答えることは降町にはできなかった。

大学に戻った降町が真っ先にしたことは、黒河に連絡を取ることだった。今の状況の降町を手助けしてくれる人間がいるとしたら、黒河しか思いつかなかった。黒河ならきっと降町の目の前にある問題を瞬く間に解決してくれる、降町の胸のうちにはそんな強い期待があった。相談したいことがあるとラインを送ると、すぐに黒河から返事が来た。降町はそれが涙が出るほどうれしかった。

黒河とは学食のテラスで待ち合わせをした。黒河が指定したのは午前の授業の合間で、学食にはまだ人はまばらだった。降町は約束の時間の十分前には行ったのだが、すでに黒河が不機嫌そうな顔で席に座ってスマホをいじっている。

「すみません、遅くなりました」

降町が声をかけると、黒河は昔と変わらない不愛想な顔をあげた。

「まだ時間前だろ」

「すみません」

「だから、なんで謝るんだよ」

「その、怒っているみたいだったんで」

テーブルに向かいあうように座りながら降町がおどおどと顔色をうかがうと、黒河は長いため息をついた。

「腹が立ってはいる。おまえから久しぶりに連絡が来たなと思ったら、こいつ困ったときだけ俺に頼ろうとしているんだとわかったからだ」

痛いところをつかれて降町は視線をそらした。

「それは本当に、すみません」

「さっきまでのすみませんは本当じゃないのかよ」

「黒河さん用の相槌(あいづち)です」

　黒河とちゃんと会話をするのは三年半ぶりだったが、最初の言葉を交わしたとたんに降町の緊張は消えていた。疎遠だった期間が嘘(うそ)のように、二人でつるんでいた高校生のころの感覚に戻る。

「少しは先輩を敬えよ」

「敬ってますよ。黒河さんがしてくれた話、ほとんど覚えてますし」

「俺は何を話してたかなんて覚えてないけどな」

　それは照れ隠しで言っているのだと降町はすぐにわかった。時間はあいたが黒河もあまり変わっていないようだと降町は笑いをこらえる。

「スーパーで卵を買う話、覚えてますか。相対的な損と絶対的な損の二種類があるってやつです。あれ、俺ずっと忘れられなくて」

　久しぶりの黒河との会話に気持ちが昂(たかぶ)ってきた降町とは対照的に、黒河の表情はすっと曇った。

「あのころの俺は自分が賢いって自惚(うぬぼ)れてたからそんなことを言っただけだ。絶対的な損なんて本当は存在しない。結局、それだって何かと比べているんだよ。自分が今までに食べてきたものやその他の経験とな。人が絶対的に評価できるのなんて五感で感じられるものくらいだろう。たいていのものは比べることでしかその価値を判断できない。自分の中に絶対があるなんておこがましい考えだよ」

降町にとって思い出深いものを、その本人が貶(けな)すのは気分がよくなかった。黒河と言葉を交わしてすぐは昔と変わらない印象を受けたが、高校のころの黒河とはどこかが変わってしまっているようだ。

「それはよくわかんないです」

降町が拗(す)ねるように言うと、黒河は苦笑いをした。

「庭大に入って、俺は自分よりもずっと賢い人間がいることを思い知ったんだ。本当の天才って言うのは、物事を二種類に分けて考える人間じゃない。物事にはひとつしかないと気がつく人間なんだってな」

黒河の講釈に降町は精一杯の皮肉で答えた。

「なるほど。物事を二つに分ける人とひとつにする人、その二種類なんですね」

4　庭につながれた犬

「相談したいことがあるんだろ。本題に入れよ」

不機嫌な黒河に急かされて、降町は自分が今おかれている状況をひとつずつ説明していった。父が倒れたこと、借金のこと、今年度中に卒業して働きはじめることを母にせがまれたこと。口に出して誰かに話すと自分がとても惨めに思えた。ここで卒業できずに退学となれば、入学してからの一年半必死でバイトと学業を両立させてきた意味がなくなってしまう。

降町が説明を終えると黙って話を聞いていた黒河がすぐに口を開いた。

「奨学金は？」

「考えました。でも、父の体や弟たちの進学のことを考えると、すぐにでも卒業して来年から働いてほしいと母からは言われています」

奨学金については降町もずっと考えていた。しかし、奨学金を借りてもう二年大学に通いたいと母に言ったら、あんたまで借金をしないでほしいと泣かれてしまった。

大学に入学するときも奨学金の借り入れには母から反対された。父の店の借金のことが以前から心の負担となっていたのか、母は自分の子供たちが借金をするということに強い抵抗があるらしい。ただでさえ父が入院して追いこまれている状態の母をこれ以上苦しませたくはなくて、降町は渋々母の意見を尊重した。

「無理に卒業したってすぐに就職できるわけじゃないだろ。卒業だけでも厳しいのに、今から就活を両立させるのは無理があるぞ」

「一応、大卒って肩書きなら叔父さんが働いている会社で雇ってくれるかもしれないって」

「それもママが言ったのか？」

今は冗談を言われても笑える気分ではなかった。

「からかわないでくださいよ」

「悪いな。それで、あと単位はいくつ必要なんだ？」

「六十四です。後期には二十四単位の授業を履修申請しました。それらが全部修得できても、あと四十単位足りません」

今年度で卒業しなければならないとなってから何度も何度も計算し直したことだから、降町はそらで答えられた。

「ゼミの十単位以外の三十単位は買うしかないな。ただ、ポイントで単位を買うなら最低でも三百万ポイントはいるだろう。ポイントはいくら持ってる？」

「一万五千です」

　降町が持つポイントは夏休みの帰省前にオープンキャンパスの学内バイトをしたのがすべてだ。時給千五百ポイントで五時間の仕事を二日間やった。二日かけて一万五千だったのに、三百万を稼ぐとしたらどれだけの労働が必要か、それを考えるだけでめまいがした。

「後期の期末試験がある一月下旬までがタイムリミットだ。それまでの四か月で三百万か。十一月の文化祭と十二月の聖夜祭という稼ぎどきがあるが、普通の学内バイトしていたんじゃ無理だな。それに年末年始の単位の高騰（こうとう）を考えると、余裕をみて四百万はあったほうがいいか」

　聞きなれない単語に降町は首を傾げる。

「単位の高騰ってなんですか？」

「そこからかよ」

　黒河は苛立ちの混じった声を上げた。

「すみません」

「謝るな。いいか、単位ってのは学生同士で売買できるんだが、必ず『単位取引所』ってアプリを通しておこなわなければならないし、そこでは相場が常に変動している。

売り手が多ければ値は下がり、買い手が多ければ値が上がる。特に卒業が決まる直前の時期だと、授業科目によっては高騰しやすい」

「株みたいな」

「ああ、そうだな。三賢人って呼ばれる学生の一人である岩内天音（いわうちあまね）が七年前に証券取引所を参考に作ったシステムだ。この単位取引所のアルゴリズムは非常にうまくできていて、それに代わるものは誰も作れていない」

証券取引所のようなアプリを学生が作るというのがどれほどすごいことか、とうてい降町には想像もつかなかった。賢人と呼ばれるだけのことはあるのだろう。

「とても優秀な学生だったんですね」

降町がそう褒（ほ）めると、黒河は心底嫌そうに顔をしかめた。

「今も学生だ。岩内さんは卒業してない」

「院生とかですか？」

「いや留年しているだけだ。サークル棟の最上階を貸し切って住みついている。ここ二年はキャンパス外にも出てないらしい。相当な変人だよ。たとえ何があっても、岩内さんには関わるな。ろくなことにはならない」

黒河は強く念を押すように降町の額を指さした。

「俺、高校生のころにまわりから黒河さんには関わらないほうがいいって言われてましたよ」

「なのに俺にまとわりついてきたんだろ。だから忠告しているんだよ。学内事情にうといおまえは知らないかもしれないが、去年の四年生は約四割が卒業できなかった」

「そんなことあるんですか！」

驚いた降町が思わず大きな声を上げると、黒河は不機嫌そうにテーブルの下の降町の足を蹴った。

「例年なら四年間で卒業できない学生っていうのはだいたい二割以下だ。だが、昨年度はその倍以上の学生が卒業できなかった。原因は『マクロ経済学バブル』って呼ばれる事件があったことだ」

「なんですか、その名前」

「起きたことをそのまま名前にしただけだ。去年の十月ごろからマクロ経済学の単位が徐々に高騰しはじめたんだよ。ただ、それ自体は珍しいことじゃないし、単位の高騰なんてたいていは一時的なものだ。すぐに下がる。高騰しているあいだに売って値が下がったら買い戻そうって考える学生が続出した。特に学内の事情に詳しい三、四年生に多かったみたいだな。それまでも何度もそうやってポイントを稼いできたんだろう。普通はそうやって単位を売りにだす学生が増えれば、値はすぐに下がるはずなんだが、マクロ経済学の値は上がり続けた。噂は一、二年生にも広がり、さらに単位を売りに出す学生が増えた。しかし、一月になってもマクロ経済学の価格は下がらなかった」

降町は黙ってその話に聞き入っていた。

「内定が決まっていた四年生は焦っていたよ。マクロ経済学は大半の学科で必修科目だからな。買い戻せなければ卒業がなくなる。しかし、そのころには十数倍もの値段に膨れ上がっていた。ポイントのある学生はそれでもかまわず買い戻したようだが、手持ちの少ない学生はそうはいかなかった。彼らにできたのはバブルが弾けることを祈るだけだ。だが結局、そのバブルが弾けたのは年度が替わってからさ。マクロ経済学を買い戻せなかった四年生は卒業を逃した」

話はわかるが、理屈の通らない事件だと降町は思った。

「なんでそんなことが起こるんですか」

「岩内さんがマクロ経済学の単位を高値で買い占めてたんだよ。新年度になって大量に手放したみたいで今は格安で取引されているがな」

「自分の作ったシステムを不正に操作したとかですか？」

「いや、不正はしてない。岩内さんはルールに基づいて単位の売買をおこなっただけだ。だから大学側からの懲罰もなかった。欲をかいて卒業直前に必修単位を手放した学生の落ち度ってことになる」

「それだとその岩内さんって人はたんに大損しただけですよ」

降町がいちばん納得できない点はそこだった。大量に買い占めて高騰させても、年度をまたいでから売りにだしたのでは価格が下がることは目に見えている。卒業する学生への嫌がらせってくらいしか理由が思いつかなかった。だが、それほどに賢い人がそんなつまらない真似をするだろうか。

「そうだな。だから、変人だって言っただろう」

納得できず降町が頭を抱えていると黒河は話題を元に戻した。

「昨年度そんなことがあったあとだからな、この年度末は不用意に単位を売りに出す学生も少ないだろうし、余裕をもってポイントを稼いでおいたほうがいい」

「何かいい策はありませんか」

降町は黒河にすがるしかなかった。

「いちばん稼げるのは自分でサークルを作ることだが、画期的なアイデアなしでは難しい。他人と同じことをしていても稼げない。ノープランの状態から四か月で斬新なアイデアを出して、さらにそのサークルを稼げるところまで持っていくのは現実的とは言えない」

「黒河さんは何かサークルをやってないんですか？」

「個人でやっているサークルもあるが、ポイントが稼げるようなものじゃない」

「どんなサークルですか！」

降町が目を輝かせて聞くと、黒河は少し言い淀む様子を見せた。

「……ウェブ動画関連のサイト運営だ。色々なプラットフォームの動画コンテンツのレビューやランキングを総合的に載せているサイトを作っている。それだけだよ」

高校のころの印象から降町の思い描いていた黒河は、斬新な発想で巨額のポイントを稼いでいる姿だった。勝手な押しつけだとはわかっているが、その理想像との差をどうしても感じてしまった。

「そうなんですね」

降町の内心を感じ取ったのか、黒河は言い訳のように言葉を続けた。

「だから、ポイントにはならないって言ったろ。俺は今年度で卒業で、単位も足りている。今さらポイントを稼ぐ必要なんてないんだよ」

気まずい沈黙が流れた。

「すみません」

「謝るな、蹴り飛ばすぞ」

低い声で怒鳴ったあと、黒河は頭を掻いて話を切り替える。

「サークルを作らずともポイントを大量に稼ぐ手段にひとつだけ心当たりはある。それより、おまえが卒業するにはポイント不足以上に厄介な問題がもうひとつある。ゼミの単位だ。庭大ではほかの大学でいうところの卒論はなく、ゼミの単位がとても重要になる。これはその学生が学内でいかに事業ポイントを稼いできたかってことを、教授が直接評価することで修得できるかが決まる。当然、単位取引所で売買することはできない。普通は四年生の四月から一年間ゼミに所属して、教授の管理下でアドバイスや指導を受けつつおこなうんだが」

降町は愕然（がくぜん）として口を手で覆った。

「じゃあすでに手遅れってことですね。俺、ゼミなんて前期から所属してませんよ」

前期の単位を選択した春には、こんな状況に陥るなんて想像もしていなかったから、四年生で必要な単位のことなど考えてもいなかった。

「焦るな、サークルでの事業実績が教授に評価されれば特別にその単位が与えられることもある。また、成績によっては後期からの参加を許してくれる教授もいる。三賢人の一人でもある時岡融は一年生の後期からゼミに参加して、その年には卒業し大学院に進んだ。一年間で卒業した唯一の庭大生だ」

「なんだ、まだ手はあるんじゃないですか」

「俺が所属している塩瀬（しおせ）教授のゼミなら紹介してやれるかもしれん。与えられた仕事をしっかりとこなせさえするならば、融通を利かせてくれる先生だよ」

そこまで聞いて降町は安堵（あんど）の息を漏らした。やはり黒河に相談して間違いはなかった。

「ありがとうございます。じゃあ、問題はポイント不足だけですね。さっき言ってた黒河さんの稼ぐ手段の心当たりってなんですか」

「塩瀬ゼミの仕事だよ。学内バイトともサークルとも違う第三の手段でポイントが稼げる。うまくやれれば大量にな」

「それって」

降町は息を呑んで黒河の話に聞き入った。ただのうまい話でないことは黒河の話し方から感じていたからだ。

「その仕事ってのがほかの学生の不正行為の摘発だ。塩瀬ゼミは学生たちからは監査ゼミとも呼ばれている。大学の規則に忠実な犬になって不正を暴く、全庭大生の嫌われ者だよ。普通の学生たちからすれば、仲間を売っているように見えるんだろうな。群衆に紛れて、背中から刺すような仕事だと。ただ、俺たちは摘発した不正行為の規模によって報酬がもらえる。悪質ででかい事件を見つけるほど、それがポイントになるんだ。だから必死で不正の臭いを嗅ぎまわる」

黒河の目が鋭く光っているように降町には見えた。高校のころも黒河はよくこんな目をしていた。

やることは高校時代に二人でしていたこととなんら変わらない。周囲から嫌われていたのだって同じだ。正直なところ、今から画期的な売れるビジネスを思いついてポイントを稼げなんて降町には雲をつかむような話に思えていた。それに対して不正行為で稼いでいる学生を見つけだして売り飛ばすってことのほうがずっと単純でいい。

降町はテーブルに両手をついて勢いよく身を乗りだした。

「懐かしいですね、そういうの」

「俺もちょうどそう思ってたよ。考えてみればあのころみたいだなって」

黒河と降町はお互いにうなずき合うと、にやにやと人相の悪い笑みを浮かべた。

5　不正行為

事業ポイントに関わる不正行為にはいくつかの種類がある。なかでも最も摘発件数が多い不正はポイントの換金だ。ポイントを現金で買うことも、ポイントを売って現金を得ることも禁じられている。だが、金を払ってでもポイントを得たいという需要と、ポイントがあまっていて現金に換えたいという需要は、どちらもそれなりに存在していて不正は絶えない。

今までに摘発された不正の例で言えば、自主制作漫画を作って売っていた漫画サークルの事件が有名だ。売られていた本のうちの一種類に白紙の冊子があり、それには千円札が挟みこまれていた。事情を知る者だけが、現金目当てにポイントを払って買っていたようだったが、数年前に監査ゼミによって換金行為として摘発された。今でも似た手口をおこなうサークルは絶えないらしく、定番の換金法のようだ。

ほかにも名義バイトと呼ばれる手口もある。ある学生がサークルからバイトを引き受けてポイントを受け取っていたが、実際は労働をしていないにもかかわらず働いたことになっていたというケースだ。過去に摘発された事件ではポイントを受け取った謝礼として、名義を貸した学生から雇用側へと現金が渡されていた。つまり現金でポイントを買ったのと変わらないと判断された。

学生間でのポイントの譲渡も不正に当たる。事業ポイントはその学生の金を稼ぐ能力を評価するための指標だ。友人や恋人からポイントの譲渡を受けてポイントを増やすことを認めてしまえば、学生の能力を評価するという本来の目的が機能しなくなる。もしこれができたなら、降町も黒河からポイントを受け取って卒業できたかもしれない。しかし、ポイントは自ら稼ぐことでしか手に入らない。ポイントのやり取りは個人間ではなく、必ず事業計画を認められたサークルを通して、その事業内容の範囲内でしかおこなえない。

換金に次いで多い不正がサークルの事業内容の逸脱だ。サークルは大学に申請を出して認められた事業内容でしか作ることができない。たとえば、学外で買ってきた商品をそのまま学内で売るだけの事業は認められないし、食品や料理を販売する事業も認可は下りない。ほかにも学生らしい健全さや誠実さが求められるなど、サークルの設立申請はかなり厳しい。そのため申請が通りやすい事業内容で申請して、実際の活動は効率よく稼げる業態の事業をおこなうなどのケースが散見される。テーブルゲームサークルという名の雀荘（じゃんそう）や賭場（とば）があったり、家庭教師サークルと謳っておいて実態はホストクラブやキャバクラであるといった不正があとを絶たない。

数理指南塾もそのひとつだ。塩瀬教授からゼミに所属することが認められた降町に、黒河はまずそのサークルの名前を告げた。数理指南塾は家庭教師サークルにしては明らかに繁盛しすぎているというのが黒河の考えだ。一度は黒河自身が数理指南塾へと調べに赴(おもむ)いたが、不正の証拠をつかむことはできなかったそうだ。

「そのときは熊倉って女の子に一時間、普通に高度な数学を教えられた。わかりやすかったのが無性に腹が立つ。ただ、それでこれだけポイントが稼げるとは思えないんだ。賢くてかなり用心深いタイプだろうな。塩瀬ゼミに所属している学生の顔まで調べあげている可能性すらある。最初に俺の顔を見たときに一瞬だが彼女の顔が強張(こわば)ったのは、俺が塩瀬ゼミの人間だと知っていたからだろう」

だから顔の割れていない降町に白羽(しらは)の矢が立った。塩瀬ゼミでの降町の最初の仕事は数理指南塾に客として潜入して不正行為の証拠をつかむこと。黒河からはそこの常連客らしい中川智也の友人だと名乗るようにアドバイスをされた。いきなりの潜入という大役に緊張はあったが、同時に降町は燃えていた。何をしたらいいかわからなかったときと違って、卒業への道筋が示されたことで覚悟が決まった。

ただ、そのやる気に反して結果は惨憺(さんたん)たるものとなった。

サークル棟の一室で手足をロープで縛られたまま冷たい床にひざまずいて、今も降町は尋問を受けている。スマホは取りあげられ、録音していた会話データも消されてしまった。目の前のソファには熊倉と桜田の二人が足を組んで座って、降町を高圧的に見下ろしている。

「つまり、降町くんは監査ゼミの新入りってことね」

力の強い桜田に締めあげられて、降町は簡単に正体を白状してしまった。

「はい」

「凛子さん、こいつどうします？」

桜田は不躾（ぶしつけ）に降町を指さす。

「このまま帰したら、うちのサークル摘発されちゃうからね。どうにかしないと」

「裸にして写真撮って、ネットにばら撒（ま）くぞって」

「真由ちゃん、変な漫画読みすぎ。それは普通に犯罪だから。本当にネットに画像をあげて、降町くんが開き直って警察に駆けこんだらすぐに足がついちゃうでしょう」

「あー、そうっすよね」

和気あいあいと怖いことを話す二人に降町は恐る恐る口を挟む。

「縛りあげて監禁するのも犯罪じゃ」

「降町くんは黙っててくれるかな」

「はい」

まさか最初の仕事でこんなことになるとは、降町は予想もしていなかった。

「じゃあ、殺してグラウンド脇に埋めちゃいますか」

桜田の提案に熊倉は長いため息をついてからうなずいた。

「それしかないかもね」

話を聞いていた降町が愕然とした表情をするのを確認してから、熊倉はおかしそうに笑った。

「……冗談だよ」

降町は縛られたままうなだれた。完全に遊ばれている。このまま捕まっていても埒が明かなそうだ。三時間後にはコンビニのバイトのシフトが入っていることも降町を焦らせていた。

「ここであったこと、誰にもばらさないんで帰してください」

「そんなこと信じられるわけないでしょう」

「じゃあ、どうしたら解放してもらえるんですか」

降町の問いに熊倉は考える仕草を見せてから、にこりと笑った。

「もう少し話を聞かせてよ、降町くんのこと。なんでこんな時期に監査ゼミに入ったの？」

降町はしばらく逡巡してから、正直に口を開いた。

「父が倒れて、今年度で卒業しなきゃいけなくなったんだ。塩瀬ゼミならゼミの単位も卒業に必要なポイントも手に入るって言われて」

降町が渋々と事情を語ると、熊倉がうれしそうに手を叩いた。

「やっぱりね。何か抜き差しならない事情があるんじゃないかって思ったの。もし降町くんがこの庭大の中の小さな経済を不正のない状態にしたいだなんて高尚な目的で監査ゼミに入ったのなら、私たちはもっと乱暴な手段しか選べなかったかもしれない。でも卒業することだけが目的なら、私たちは協力し合えると思うの」

「協力って？」

降町は訝しげに熊倉を見る。

「ここでこういう仕事をしていると、色々と噂話が入ってくるのよ。どのサークルがどんな悪いことをしているか、とかね」

「つまり不正行為をおこなっているサークルの情報を俺にくれると」

「降町くんもこのまま私たちみたいに小さな不正でなんとか稼いでる弱小サークルを摘発しているだけじゃ、いつまで経っても卒業にはたどり着けないよね。でもね、ただ情報をあげるだけだと私たちに得がないでしょう。どうせなら、私にも降町くんの立場を使って稼がせてほしい」

かわいい顔をしているが、熊倉もこの庭大の学生なのだと降町は思った。稼ぐということへの執着が感じられる。

「言いたいことはわかるけど、具体的に何をする気なのか理解できない」

監査ゼミに協力者がいるからといって、すぐに儲け話につながるとは思えない。せいぜい、自分が摘発されるのを防ぐことくらいのものだろう。降町はそう考えたが、熊倉は余裕のある笑みを見せていた。

「大丈夫よ、私にずっと温めていた計画があるから。けど、今はまだ話せない。降町くんのことをそこまで信頼したわけじゃないから」

信頼しないと話せないという時点で、それがまともな計画ではないことはわかり切っている。おそらくは不正の片棒を担ぐような仕事で、もし表に出れば降町も監査ゼミから追われることになる悪事なのだろう。

ただ、熊倉の言うことにも一理あった。このまま小さなサークルの不正だけを摘発していったところで、卒業にはとうていたどり着けそうもない。熊倉という情報源を得ることは降町にとって悪い話ではなかった。

「俺に利益があるなら協力するよ。卒業するために手段を選ぶ気はないから。それにずっとここに閉じこめられているのも退屈だろうし」

降町は決意をこめた目でまっすぐに熊倉を見据えた。降町にとっては大きな決断だったが、熊倉は相変わらずにこにこと余裕のある笑みをみせている。

「かわいい女の子が二人いて、ありがたいことに縄で縛ってもらえているのに退屈だなんて贅沢だね。それにお金出す人もいるんだよ」

「ぼろい商売だ」

降町は非難するように言ったが、熊倉は笑ってうなずいた。

「そうなの。真由ちゃん、降町くんの縄を解いてあげて」

桜田は降町の縄を解くと、襟首をつかんで乱暴に立ち上がらせた。熊倉はソファに座ったままその様子を眺めている。

「『撮魂』ってサークルの情報をあげるから、降町くんにはまずそこの不正を摘発してきてほしい」

「さっこん……？」

初めての単語に降町は首を傾げる。

「そう。写真集を作って売ってるサークルよ。主にミス庭大を中心とした学内の美男美女の写真集でね。かなり儲かっているらしい」

なるほどよく考えたなと、つい降町は感心してしまう。

「それが不正なの？」

「いいえ。人物の写真集の販売自体は認められているし、被写体になった人にもちゃんと報酬が払われている」

「実はいかがわしい写真集を販売しているとか」

「違うわよ。彼らがやっているのは内貨の換金。樋口さんの写真が欲しいって言うと、五千円札を売ってくれるって話よ。一枚一万ポイントでね」

　五千円札が一万ポイントかと降町は驚いた。

「二倍って結構なレートだ」

「それくらいの利益がなくちゃリスクは冒さないでしょう。それに最近は内貨がインフレ気味なこともあって以前よりも換金レートが上がっているのよ」

「そっか。でも、儲かっているサークルが現金を売る不正をするなんて」

　写真集でポイントが稼げているならそんなリスクを冒す必要もないように降町には思えるが、熊倉の返答は違っていた。

「儲かっているサークルだからばれにくいのよ。儲かりそうにないサークルが変に利益を上げていたらすぐに監査ゼミに目をつけられるでしょう。それに撮魂は部員の多いサークルだし、モデルに報酬も払っているからポイントがありすぎて困ることもないの」

「なるほど」

　唸りながら息を吐く降町の肩に熊倉が片手を置いた。

「じゃあ、よろしくね。撮魂を摘発したらまたここに来てくれるかな。そのときは降町くんを信頼して私の計画の話をしましょう」

そのまま桜田に押しだされるようにして、降町は数理指南塾の部室を出た。ほんの二時間程度のことだったが、とても長いことこの部屋にいたような気がする。

黒河には数理指南塾ではなんの証拠もつかめなかったと報告した。ただ、数理指南塾の熊倉と世間話をするなかで興味深い情報を得たと、嘘を混ぜつつ撮魂の話をした。潜入がばれたあげく、利用されて裏取引で情報を得たとは恥ずかしくて黒河には言えなかったからだ。熊倉が撮魂にモデルを頼まれたときに聞いたのだと、それらしい話を加えておいた。黒河はその情報に興味を示し、翌日に撮魂の捜査に向かうことが決まった。

捜査はなんの波乱もなく順調に事が運んだ。最初に降町が一人で部室に入り、写真集と樋口さんの写真が欲しいと告げると、本当に五千円札が出てきた。降町がポケットの中のスマホから合図を送ると、黒河やほかの監査ゼミの学生がなだれこむように部室に入ってきて、現金の取引現場を押さえる。十分もかからずに済んだ。撮魂はサークルの解散を命じられて、換金事業に関わったとされる部員たちからはポイントが没収された。さらには撮魂の取引履歴から、現金を購入した学生の特定作業も進められ、同様の罰則が与えられることになる。

降町はその様子を見ながら、わずかに胸が痛んだ。彼らが不正行為をおこなっていたのだから、罰を与えられることは仕方がない。だが、降町がその情報を得たやり方は誇れるものではない。黒河からはひと言、「よくやった」と褒められたが、降町は苦笑いしかできなかった。

さらにその翌日、降町が数理指南塾へ向かうと熊倉が一人で待っていた。ソファの端に腰かけていて、降町に隣に座るように言った。降町は三人がけのソファの真ん中の一人分を空けて腰かける。

「熊倉さんに言われたとおりにしたよ」

「うん、聞いたよ。撮魂が摘発されたってもう噂になってる。降町くんは監査ゼミからポイントもらえたんでしょう」

撮魂の不正取引の規模が精査され、降町には二十万ポイントが報酬として支払われることとなった。目標の四百万ポイントの二十分の一にもなる。数理指南塾程度の不正を摘発したのでは得られなかった額だろう。

「もらえたよ」

「これで共犯だね」

降町の中の罪悪感を見透かしたように熊倉は笑った。よくない秘密を他人に知られたとき、口を封じたいなら共犯にするのがいちばんいい。おそらく熊倉は最初からそう考えていたのだろう。

「それで、熊倉さんの稼げる計画っていうのを教えてよ」

熊倉はにこりと笑うと、一度ソファを立って降町のすぐ隣に座りなおした。熊倉の体から漂う柔軟剤の香りがまた降町の鼻をくすぐる。この匂いが降町をひどく動揺させる。熊倉は体重を預けるようにして、降町に耳打ちをした。

「三賢人の時岡融を陥れたいの」

物騒な要求とは裏腹に肩に柔らかな感触がした。

6　不誠実の手引き

塩瀬教授は二十代からずっと大学を渡り歩いてきた根っからの研究者で、今年で五十八歳になる。研究テーマは資本主義についてで、発表した論文が世界的に注目されたこともあるらしい。白髪の交じった穏やかそうなおじさんというのが降町の印象だった。威厳のようなものはあまり感じ取れない。

降町の事情を聞くと、塩瀬教授は快くゼミへと受け入れてくれた。

「ただし、家庭の事情が厳しいからといって評価を甘くすることはありません。前期から所属している学生以上の結果を出さなければ、単位をあげることはないと思ってください。それから、降町君にはうちのゼミが校内でこんな警察の真似事をおこなっている意義を理解しておいてほしいのです」

塩瀬教授の講義を受けたこともあるが、ゆっくりと話す人で、教室内では眠そうにしている学生の姿が目立っていた。ただ降町は塩瀬教授の授業で寝たことは一度もなかった。

「以前は、経済とは自由に競争をしているときが最適な結果を生む状態だと考えられていた時期がありました。しかし、実際のところは政府の介入なくただただ自由な競争をしていたのでは、富は偏るばかりです。経済をうまくまわすための競争には自由ではなく規則が必要でした。規則がなければ、不誠実な商売が神の見えざる手の指の隙間をすり抜けていくからです。わかりますか？」

「なんとなくは」

講義の内容とかぶる部分があって、なんとか理解できた。

「本来商売とは、買い手と売り手のお互いの利益を追求する取引であるべきです。しかし、自分が儲かればそれでいいと考える売り手もいる。本来であればそうやって作られた商品が棚に並んだところで消費者に選ばれることはなく、自然と淘汰されていくことでしょう。ただし、それは競争という原理が正しく機能していた場合です。競争が正しく機能するためには、買い手側が常に最善の判断ができる必要があります。消費者が皆、質や価格の優れたものを選んで買っていれば、市場には優れた商品ばかりが残るはずです。でも実際の買い手は様々な要因によって判断を誤り、粗悪な商品を買ってしまいます」

質の悪い商品を買ってしまう失敗は降町にも何度も経験のあることだった。ネットで買ったイヤホンは商品写真と実物がだいぶ違っていたし、外国製のスピーカーは一か月で壊れてしまった。

「判断を誤ることは仕方がないでしょう。ただ問題があるのは、売り手が自分の商品やサービスを売るために故意に消費者の判断を誤らせる工夫をすることです。商品情報を誤認させたり、不安を煽ったり焦らせたり、知識不足や心の弱みにつけこんだり」

「それはすごくわかります」

降町は激しくうなずいた。ネットにはそういう商品があふれかえっている。

「最近で多いものだと、無料を謳って人を集めて、集まった利用者たちに故意にストレスをかけて課金を募るゲームなんかもそうですね。娯楽とはいかに利用者を楽しませるかを工夫するのが本質であって、課金させるためにいかに巧妙にストレスをかけるかを工夫するのは不誠実と言えるでしょう。最初から金額を提示し、最大限利用者を楽しませる工夫をするのが誠実な商売というものです」

塩瀬教授に言われるまでそれが不誠実だとはあまり考えてこなかった。ただ、そうして言葉で説明されると急に悪質なものに思えてしまう。

「でも、違法ではないんですよね」

「法律でそれらすべてを規制することは難しいですから、数年がかりで法案を検討し不誠実な商売をひとつ規制しても、その隙間を縫うようにしてまた別の不誠実なやり口が生まれていきます。不誠実な商売とは現状の法律ではまだ詐欺とされないだけのものですよ。悪質であることには変わりありません。できれば私は学生たちに、ただ法を守ればいいと考えるのではなく、法や規則が作られた意図を理解してほしいと思います」

「意図ですか？」

「花壇に入らないでください、と書かれた看板があったとき、入らなければ手を伸ばして花を摘んでもいいと考えるでしょうか。違いますよね。入らないでくださいとは、花壇やそこに植えられた花を守りたいという意図があって作られた規則です。その意図を理解すれば、むやみに花を摘んだりはしないでしょう。法も同じです。条文に違反しなければ何をしてもいいというのでなく、その意図を理解すればおのずと誠実な行動を選ぶはずです。ルールの穴をついて稼ぐことを賢いと考える人もいますが、ルールの意図を汲みとれることのほうがずっと賢いことだと私は思います」

塩瀬教授のたとえ話はとても腑に落ちるものだった。

「学生たちには卒業してからも誠実な道を選んでもらいたいのです。不誠実な商品を市場に流すことをよしとすることは、自分がそういう商品を手に取ることをよしとしていることにほかなりません。それに商売の誠実さを理解することで、誠実な商品を選べる人にもなるはずです。みなさんが不誠実な商品を避けることができれば、そういうものは自然と減っていくものです」

「なるほど」

降町が納得してゆっくりとうなずくと、塩瀬教授は満足そうに微笑んだ。

「そのために学内の規則は外の社会よりも厳しめに定めていますし、そのためのうちのゼミの活動でもあります。規則とその意図を伝えるのが私たちの仕事です。このことを踏まえたうえで降町君は、ポイントのために規則を破る学生を探してください。そういう学生たちは大学生である今のうちに痛い目を見ておいたほうがいいでしょう。不誠実な商いにはしっかりと罰を与えます。それが商売とは誠実におこなうべきなのだと学ぶいい機会になりますから」

塩瀬教授は表情も語り口調も話の最後まで穏和なままだった。しかし、話す内容には説得力があり、塩瀬教授の持つ強い理念が感じられた。

ただ同時に、それは綺麗ごとのようだとも降町は頭のどこかで思っていた。消費者の目線に立てばそのとおりだと賛同できるが、自分が売る側だったら話は違ってくる。生活にゆとりがあれば誠実に稼ぐことを目指せるかもしれないが、そうでなければ多少はずるいことをしてでもお金を稼ごうと考えるはずだ。自分だってきっとそうしてしまう気がする。腹の足しにならない誠実さよりも、手元に入るお金のほうが大切だ。今だって誠実でいてポイントを稼げず卒業もできないよりも、不誠実だとしてもとにかく稼いで卒業したいというのが降町の本音だった。

「三賢人の時岡融を陥れたいの」

耳元で発せられた熊倉の甘く囁くような声に降町は思考が止まった。熊倉の息遣いから逃げるように上半身をそらして、いったん距離を取る。

「それは、どういうこと？」

「言葉どおりだよ。さすがに退学に追いこむのは難しいかもしれないけど、時岡さんの評判を地に落とすくらいならできるんじゃないかな」

物騒なことを言いながらも熊倉は笑顔を崩さない。

「なんでそんなことを」

「時岡さんの評判が落ちれば、私が儲かる伝手があるから。それに降町くんにとってもこれはいい話なんだよ」

「いい話には思えないよ」

人を陥れて評判を落とすことは、情報を得るために熊倉の不正を見逃したこととは罪の重さが大きく違っている。後者でさえ降町は罪悪感を抱いているのに、熊倉の提案は相手の人生を左右しかねない行為に思えた。

「私の計画ではね。時岡さんが不正行為をしていたって降町くんが摘発するの。監査ゼミは不正の規模に応じて報酬が変わるんでしょう。三賢人の一人が不正を働いてたとなれば、注目度だって高い大事件になるよ。そんな事件を暴いたとなれば、降町くんの卒業だって一気に近づくはず」

「時岡さんは不正行為をしているの？」

「しているかもしれないし、していないかもしれない。知らないけど、私たちででっちあげれば問題ない」

「不正を？」

「そうよ。おもしろそうじゃない？」

かわいい顔をして発想は悪魔のようだ。

「その人の人生を壊してしまうかもしれないようなこと、俺にはできないよ」

「今日サークル棟の廊下で聞いた話なんだけど、撮魂に所属していた四年生のうち四人が今年度の卒業が絶望的になったんだって。四人とも内定が決まっていたみたいだけど、残念だよね」

降町はその噂話に眉をひそめた。

「不正行為の懲罰はポイントが没収になるだけだよね」

ポイントが没収されただけで卒業ができなくなるとは思えなかった。

「単位取引所を通してポイントで買った単位も没収の対象よ。自分で講義を受けて修得した単位は没収されないけど、不正で稼いだポイントを使って得た単位なら没収しないと辻褄(つじつま)が合わないでしょう。それにいかに稼いでいたかが評価されるゼミの単位だって間違いなくもらえなくなる」

「ああ、そうか」

理解すると急に降町の胸が強く痛んだ。

「その人たち、来年の学費って払えるのかな。もう一度今から就活して、来年は今年よりいい企業から内定もらえたりするのかな」

熊倉は降町の目をじっと見ながらにやにやと笑っている。

「降町くんはさ、もう他人の人生を壊してしまったかもしれないんだよ。監査ゼミの仕事をするっていうのはそういうこと」

「でも、彼らはそれが規則違反だと知っていて不正を働いていたんだ。発覚したらどうなるかだってわかっていたはず。さすがに自業自得なんじゃないかな」

降町は自分でそう主張しながらも、なんだか言い訳をしているような気分になった。

「まあ、降町くんがそう思うならそうなんじゃないかな」

「嫌な言い方だ」

「降町くんは自分が卒業するために、ほかの人の卒業を邪魔しているんだよ。嫌味のひとつも言いたくなるよ」

「不正してポイントを得ようなんてことしようとするから」

「自分は私の不正を見逃して、不適切な方法で撮魂の情報を得て摘発したくせに？」

降町が言葉に詰まると、熊倉は降町の膝に手を置いてまた距離を詰めてくる。

「本当はこんなこと言いたくなかったんだけど、この前の降町くんとの会話は録音してあるんだ。降町くんが私との不正な取引に応じているところ」

「そんなものを公開すれば熊倉さんがしてきた不正だって表に出るよ」

「そうだよね。でも別に私はこのサークルでの不正がばれてポイントを没収されても、まだ二年半も卒業まで猶予がある。本当に困るのは降町くんだよ。犯罪者を見逃して、勝手に情報を取引した警官は厳しく罰せられるでしょう。それと同じ。降町くんもたぶん、監査ゼミにはいられなくなる。そうしたらどうやって今年度のうちに卒業するんだろう」

話しながら熊倉はゆっくりと手を膝から太ももへと動かしていく。布越しでも熊倉の手の温もりが感じられる。熊倉の手を振り払うか、立ち上がって避ければいいのに、降町にはそれができなかった。

「それは……」

「私たちもう共犯だって言ったよね」

「いやでも、不正をしていない人の不正をでっちあげるのはそれとはまた違う話だから」

熊倉は動揺する降町の手に自分の手を重ねた。

「頼める人はほかにいないの。お願い、降町くん。私に協力してくれないかな」

熊倉の顔からは笑みが消えていて、すがるような視線を降町に注いでいた。結局のところ、降町はそれに抗うことなどできなかった。

「時岡さんの評判を落としたら、なんで熊倉さんが得するのか聞かせてよ」

「それを聞いたら引き返せないよ」

「もう引き返させる気なんてないじゃないか」

降町のその言葉に熊倉はうれしそうに笑った。熊倉の笑みが降町の胸に突き刺さる。

「時岡さんのタイムマシン事業は投資対象になっているって言ったよね。投資家たちが注目していて、今も価値は上がり続けているって。でも、そんななかで時岡さんの不正行為が発覚して評判が落ちたりなんてしたら、タイムマシンの価値はきっと暴落しちゃうんじゃないかな。世の中には、それを利用して得をするすべもあるってこと」

最低な発想だと降町は思った。でも、それを世紀の大発見かのごとく楽しそうに語る熊倉はとても魅力的な顔をしていた。

「それで儲かるのってポイントじゃなくて、現金だよね」

「儲かるのなら、どっちだってうれしいでしょう」

熊倉は両手で優しく降町の手を包んだ。降町がこんな悪事に手を貸すことに決めてしまったのは、どんな手を使ってでも卒業のためのポイントを稼ぎたかったからではない。たんに女の子からの頼み事に免疫がなかったせいだろう。

7　悪魔の企み

熊倉の計画は周到なものだった。

「大手のサークルで『ユースリサーチ』ってところがあるの。庭大生を対象とした市場調査を目的としてて、学内で商品モニターやサンプルを集めるのなんかを主な仕事にしているサークルよ。ほかのサークルやゼミやときには企業からの依頼を受けて必要数の学生を集める。で、集めた学生に商品やサービスを体験してもらって、そのフィードバックを得るのね。私もユースリサーチのバイトで化粧品メーカーの新商品を一か月、毎日試すっていう仕事をやったことがある」

熊倉と降町はソファからテーブルに移動し、計画の詳細について向かいあって話していた。熊倉は真剣な表情を時折見せる。

「研究室でおこなう実験の被験者を集めたりもしているんだけど、重要なのは時岡さんがこのユースリサーチにモニターが大勢必要になる仕事の依頼を出したってこと。来月、学内で何か大きな実験をおこなうみたい。でも、ユースリサーチはこの大口の仕事を断る可能性が出てきた」

「せっかくの大仕事なのに？」

「ほんの二日前のことなんだけど、笠間教授も来月に大規模な調査実験をしたいとユースリサーチに依頼を出したからよ。いくら大手のサークルといえど、そんな大口の仕事を二つ同時には受けられないでしょう。笠間教授が仕事を依頼したのは時岡さんよりもあとだけど、たぶんユースリサーチは笠間教授の依頼を優先する」

「それは教授だからなのかな」

「教授だからというよりも、教授同士のあいだに微妙なパワーバランスがあってね。時岡さんが所属する研究室の山本教授は笠間教授に頭が上がらないらしいの。時岡さんと笠間教授の依頼が競合していると知れば、いずれ山本教授からユースリサーチに笠間教授の仕事を優先するように話があるはず。時岡さんも所属ゼミの教授に折れてくれと言われれば断れないでしょう」

　降町が数年前に見た教授の椅子を争うテレビドラマを彷彿とさせる話だ。ただ、それよりも教授同士の関係性にまで詳しい熊倉に降町は驚きを隠せなかった。

「よくそこまで知ってるね」

「ガーデン速報を見てればいやでも詳しくなるよ。教授のゴシップ記事も多いし。庭大でうまくやっていきたいのなら、情報収集は最低限の技術だからね。降町くんもちゃんとチェックしなさい」

熊倉のような賢い女の子が数理指南塾みたいなサークルを始めたことも、本当は情報収集が目的だったのかもしれないと降町はふと思った。それもきっと大きな仕事をするための準備のひとつだったのだろう。

「それでね、時岡さんは近いうちに必ず、市場調査をしてくれる代わりのサークルを探しはじめる。私たちの計画はそこに『至上調査団』ってサークルをねじこむこと」

「至上調査団……」

「かなり悪質なサークルだよ。市場調査の依頼を請け負って、特に調べもせずに結果をでっちあげて返すらしい」

「そんなのばれたら大問題だよね」

「でも、ばれないの。なぜなら依頼した側はそれを知って依頼しているから。依頼主は市場調査という名目で至上調査団にポイントを払って、代わりに至上調査団から現金を受け取るの。そういう仕組みだから、調査結果なんて最初からどうでもいいのよ」

「社会の闇っぽい」

「実際のあるあるなのかもね」

熊倉は悪い笑みを見せる。

「とりあえず計画の大筋だけわかったよ。時岡さんが至上調査団と契約するところまで持ちこめれば、あとは現金の受け取り現場を塩瀬ゼミで押さえるだけでいいってことだよね。熊倉さんの希望どおりに時岡さんの評判は地に落ちるし、三賢人の不正摘発なんて大手柄をあげた俺はポイントと単位が得られる」

「降町くんってば賢い」

さほど思ってもなさそうな調子で熊倉は降町をおだてる。馬鹿にされているようだったが、悪い気もしなかった。

「わからないのは、どうやって時岡さんに至上調査団と契約させるのかってこと。さすがにそんな悪質なサークルだと気づかずに契約するなんて無理があると思うけどな。どこかで現金の報酬の話は出てくるわけでしょう。金額の調整だったり、受け渡し場所の検討だったり。もっと言えば、至上調査団側だって三賢人なんて大物から仕事の依頼が来たらおかしいと思うはずじゃないかな。うちは不正な取引しているとこですけどわかってますよねって、それとなく確認するはず」

そんな契約が成立するとは降町には思えなかった。なのに、熊倉は相変わらず余裕の笑みを見せている。

「そのとおりだよ。だからね、時岡さんと至上調査団の人間を直接会わせはしません。常に私たちがあいだに入って商談をスムーズに進めたいと思います」

「どういうこと？」

「時岡さんには至上調査団の人間として会って、至上調査団には時岡さんの代理人だと言って会うの。都合の悪い情報は私たちのところで揉み消して、契約まで持っていく」

降町はしばらく言葉に詰まったあとで、呆れ顔で頭を掻いた。

「きっと熊倉さんは知らないのだろうけどね。この大学はタイムマシンってものがあって、そこらじゅうカメラだらけなんだよ。しかも、二年以上も過去に遡って見ることのできる優秀な監視カメラ。摘発したあとで塩瀬ゼミで事実確認をしてみたら、時岡さんと商談をする俺と熊倉さんの姿がばっちり映っているってことになる。事件が第三者によるでっちあげだってばれればじゃないか。しかも一人はそれを摘発した本人なんてずいぶんと笑えるよ」

降町は嫌味な言い方をしたが、熊倉はそれを気にした様子もない。

「タイムマシンがあるから物事がシンプルになるの。つまりはそのタイムマシンさえ出し抜いてしまえば、私たちは疑われないってことでしょう。別にあとになって時岡さんが濡れ衣だったとわかってもいいのよ。そのときには暴落していたタイムマシンの価格が元に戻って、また儲けを出す機会が増えるもの。ただ私たちが裏で手を引いていたとばれなければそれでいい」

いずれ時岡の無実がわかるのも熊倉の計算のうちのようだ。

「タイムマシンを出し抜くってどういうこと?」

「降町くんも庭大タイムトラベルのアプリを見たでしょう。アプリで見られる映像には人の顔にぼやける修正が入って、本人を特定できない状態になっているの。顔がわからないのならごまかすすべはいくらでもあるでしょう」

「確かにそれは見たけど、修正する前の元のデータがあるはずだよね」

百年も映像を保存すると言っているのに、人の顔のぼやけた映像しか保存していないわけがない。

「元データはもちろんある。でも、それはデータの権利者の合意がなければ閲覧できないのよ。簡単に公表して複製でも作られたら投資商品としての価値が下がっちゃうじゃない」

「それは確かに。でも、時岡さんが捕まってタイムマシンの価値が下がるとなったら、データの権利を持つ投資家は閲覧を断りはしないよ」

「その人が私たちとグルだったら問題ないでしょう」

「もうあてがあるんだ」

「ある。時岡さんと商談をする場所も決めてあるよ。そこなら元のデータを見られることはないから。あとはそのすぐ近くで着替えて、私たち二人は顔以外を別人になりきってから時岡さんに会う。念のため、商談中に別の場所で私たちの服を着て待機してもらう替え玉も用意する。これでアリバイもできるでしょう」

熊倉はその投資家のあてについては詳しく語らなかった。

「タイムマシンを出し抜くっていっても、作戦は単純だね」

「大胆って言ってよ。こんなカメラだらけのキャンパスでまさかそんなことするなんて思わないでしょう。それに計画はシンプルなほうが失敗する要因が少なくて済むの」

熊倉は自信たっぷりに胸を張った。元データが開示されないとわかっているからこそできる計画で確かに大胆だと言える。ただ、そんなにうまく事が運ぶだろうかという懸念が降町にはあった。どこかにわずかでも綻び(ほころび)があったら、そこから真実が掘り返されるかもしれない。

「ここまでして他人を陥れたっていうのがばれたら、一発で退学だろうね」

「降町くんには元から退学か跳び級かの二択しかなかったんだから、状況はあまり変わらないでしょう。そんな降町くんだからこそ、信頼して協力を頼んでいるの。リスクを負って攻めていかないと、今年度卒業なんて叶(かな)わないよ」

熊倉は降町にガッツポーズをして見せた。

「そう、かもね」

黒河には塩瀬ゼミを紹介してもらったが、正直それだけで卒業まで到達するのは難しいと今の降町は思っていた。撮魂の摘発で得られたのは二十万ポイント。この四か月で撮魂と同等の不正をあと十九件摘発しなければ卒業には届かない。黒河に不正サークルの心当たりがあるのなら、前期のうちにとっくに摘発しているはずだ。熊倉と組まなければ、新たな不正サークルを見つけるのは難しいだろう。

「この計画で、すごく気になっていることがひとつあるんだ」

「何？」

「さっき笠間教授がユースリサーチに依頼を出したのが二日前って言っていたけど、熊倉さんはこの計画を二日で考えたのかな。それにしては周到すぎると思うけど」

熊倉は一瞬驚いた顔を見せたが、すぐに笑顔に変わった。

「さすが降町くんは察しがいいね。そういうとこ、すごくいい。悪事の相棒にぴったりだよ」

「その褒められ方はなんかうれしくないよ」

口ではそう言いつつも降町は照れたように視線をそらす。自分が熊倉に認められていると思うと気持ちが昂ってしまう。

「笠間教授には私から頼んだの。来月のユースリサーチの予定を時岡さんから横取りしてほしいって」

熊倉は媚びるように片目をつぶった。

「そんなおかしな要求をなんで教授ともあろう人が受け入れてくれたのか理解に苦し

むんだけど」

「降町くんには特別に教えてあげるけど、笠間教授ってね、お気に入りの学生にポイントを都合してあげてたの。書類上だけ被験者として実験に参加してたってことにして、やってもいない実験のバイト代をあげてたんだよ」

その話になんとも言えない嫌悪感が降町の中に沸き上がる。

「熊倉さんももらってたの？」

降町が真剣な様子で尋ねると、熊倉は笑顔で首を横に振った。

「私は違うよ。数理指南塾の仕事中にその噂を聞いてね、ちょっと調べてみたんだ。そしたらあっさりと証拠が出てきた。そういう不正を専門にやっているサークルと違って、笠間教授はずいぶんと脇が甘かったみたい。書類上では実験をやっていたはずの場所と時間を庭大タイムトラベルで確認したら、何も映っていなかったの。実験機材も、そこにいるはずの学生もね」

「それで教授を脅したんだね」

普通なら引いてしまうことのはずなのに、熊倉らしいなと降町はつい笑みをこぼす。

「頼んだのよ。黙っておく代わりに」

「悪い人だ」

「褒めないでよ」

悪態をついたつもりが、熊倉は照れて笑う。

「ただ さ、前から計画を立てていたってことは俺がいなくても熊倉さんはこの計画を実行するつもりだったんだよね」

「そうね。でも、監査ゼミの内部に協力者が欲しかったところだったの。降町くんが来てくれたおかげでやっと実行に移せる。これって偶然とは思えないよね」

熊倉はずいぶんと楽しそうだ。まるで旅行の計画でも立てているかのように笑っている。

「ここまでの話を聞いて俺は気づいたんだけどね。熊倉さんには悪いけど、ここでリスクのある熊倉さんの計画からは降りて、今聞いた笠間教授の不正を摘発したほうが俺にとっては利口な選択の気がする。三賢人のでっちあげの不正より、教授の不正のほうが卒業への近道じゃないかな」

降町は冗談のつもりで言ったが、急に熊倉の声が冷たくなった。

「笠間教授って性格は下心丸出しのおじさんだけど、学会では実績があって影響力もある人だからやめといたほうがいいと思うよ。大学側もほかの教授もいざってときは笠間教授の味方につくかもしれない。下手に不正行為を表沙汰になんかして、潰されるのはどっちかわからないから」

脅すようにそこまで言ってから、熊倉は再び笑顔に戻った。

「それにね、降町くんはそんなことしないよ」

降町が自分を裏切ることはないと、熊倉は確信しているようだった。

8　サードアイ

　学内で公開されている時岡のメールアドレスに商談の依頼を送ると、簡単に会う約束を取りつけられた。商談場所として五限が終わったあとの校舎本館三階の空き教室を押さえた。そこが熊倉の言う元データが開示されない監視カメラだけの教室である。熊倉と降町はすぐ近くのトイレで変装を済ませ、時岡との約束の十五分前には教室で待機していた。机と椅子を並べて時岡の到着を待つ。熊倉と二人で何度もシミュレーションをおこなってきたが、いざ本番となると緊張が勝っていた。やけに喉が渇いて、降町は何度もペットボトルの緑茶を口に運ぶ。たった十五分がいつもよりも長く感じられていた。

　ただ、約束の時間を過ぎてもいっこうに時岡は現れなかった。珍しく熊倉が苛立った様子で何度もスマホを取り出しては、時岡からメールが来ていないかの確認を繰り返している。ここまで念入りに準備をしてきた分、失敗したくないという気持ちが強いのだろう。熊倉は指をしきりに机に打ちつけていた。

約束の時間から四十分が経って熊倉の口から怒気を多く含んだため息が漏れたころに、教室の扉が開いて時岡が姿を現した。夕方だというのに寝ぐせがついたままの髪をしていて、何年も着続けているようなくたびれた服を着ている。そのうえ、顔にかけている眼鏡のレンズはひどく汚れていた。あまり自分の外見に興味はないようだ。

時岡はスマホの画面を見ながら入ってきて、ちらりとだけ降町と熊倉を見た。ほんの一瞬見ただけで時岡はすぐに視線をスマホに戻して、特に何も言わずに二人に向かいあう椅子に座る。持ち物はそのスマホと薄いファイルだけで鞄さえ持っていないようだ。座ってからも視線を上げることなく、スマホをいじったままで話しはじめる。

「君たちがメールの人？」

時岡は変わり者だとはあらかじめ聞いていたが、降町の想像の上をゆく立ち居振る舞いだった。

「こんなに時間に遅れてきてその態度はどうなんですか？」

熊倉が苛立ちを隠しもせずに非難したが、時岡はそれさえも気にした様子がない。

この商談の準備をしているときに降町が熊倉に尋ねたことがある。カメラに顔が映らないようにしても時岡に顔を覚えられていたらそこからばれる可能性があるんじゃないかということだ。すると熊倉からは、時岡は人間に興味がないから他人の顔を覚えたりはしないとの回答が返ってきた。そのときは半信半疑だったが、会ってみてその意味がよくわかった。覚えるどころか、こちらの顔をほとんど見てさえいない。

「君たちは人が苛立つ原因を知っている？」

時岡の質問に熊倉が質問で返したが、時岡からさらに質問が返ってきた。

「相手が約束を守らず遅刻してくるからですよ」

「君は遅刻でしか苛立たないの？」

「あなたの態度にも苛立ってますよ」

神経を逆なでするような時岡の質問に熊倉は食い気味に言い返す。計画のことが熊倉の頭から抜け落ちてやしないだろうかと、横で聞いている降町がはらはらしてしまう。

「人が苛立つ原因はたったひとつだよ。それを理解していないから、そんなふうに簡単に腹を立てる」

このやり取りのあいだも時岡の指はスマホをいじったままだ。

「人が苛立つ状況なんてたくさんありますよ。原因だってひとつじゃないです」

「状況はね。でも、原因はひとつだ」

ますます苛立った様子の熊倉を手で制して、降町が落ち着いたトーンで尋ねる。

「その原因って何なんですか？」

「頭に思い描いたイメージと現実とがずれることだよ。予定を頭の中で組み立てるから、それがずれたときに苛立つ。相手にやってほしいことやこうあってほしいと思うことを頭に思い描くから、期待と違ったときに苛立つ。頭で想定したとおりにうまく事が運ばないから苛立ってしまう。そこで現実のほうをなんとか頭のイメージに近づけようともがくから、余計に苛立つ」

他人に期待をしなければ苛立たないという話はよく聞く。旦那が食べ終わった食器を洗わないことに苛立つ妻でも、飼い犬が食器を洗わないことに苛立つことがないのは、旦那には食器を洗うことを期待していて犬には元々それを期待していないからだと。行為や現象が同じであっても、期待の有無で苛立ちの大きさは変わる。

ほかの苛立ちに関しても時岡の言うことに一理あるかもしれないと降町は感心した。予定があるから苛立つのだし、目標や願望があるから苛立つのかもしれない。

「だったら、何なんですか？」

思わずうなずいた降町を横目に、熊倉が時岡に嚙(か)みついた。

「一度思い描いたイメージに固執する人間は苛立ちやすい。現実に即してイメージを柔軟に変更できるのが苛立ちにくい人間であり、賢い人間だ。つまり人っていうのは同じ負荷がかかったとき、頭の固い馬鹿から順に苛立っていくってことだよ。それを頭に刻んでおけば、自然と苛立ちにくくなるはずだ」

「アドバイスのつもりですか」

「馬鹿だと思われたくないだろう」

降町がそっと熊倉の表情をうかがうと、いつも笑顔の熊倉の眉が大きく吊り上がっていた。

「ええ」

「他人によく思われたいという願望を明確に思い描いているから、馬鹿だと思われたときに苛立つんだ。君はそれを知っておいたほうがいい」

その瞬間に熊倉の顔が真っ赤に染まった。衝動のままに熊倉が振り上げようとした手を降町は反射的につかんで抑えこむ。しかし、時岡の視線はスマホに注がれたままで二人のその様子にさえ気がついていない。

「参考にはします」

手を震わせる熊倉の代わりにすぐに降町が時岡に言葉を返した。

「僕はあまり事細かな予定を立てない。覚えておいてくれ」

「苛立たないためにですか？」

「そうだよ。現実は頭で思い描いたようにはいかないから。特に予定と他人ってやつはね」

遅刻してきた当の本人の言うこととは思えなかったが、時岡に初めて人間味を感じる。

「時岡さんはあまりイメージとかを持たないんですか?」

「持つよ、当たり前だろう。僕の場合は人よりもそれをたくさん持つから、できるだけ苛立たないように心がけているんだ。それに、現実が自分の頭に思い描いたとおりになったときは最高に気持ちがいいものだしね。だから、何もイメージを持たないなんてもったいないだろう」

さっきのはわざと熊倉を挑発しているのかと降町は思っていたが、この人は本気で親切のつもりで言っていたのかもしれないと感じた。馬鹿から順に苛立つのだと意識していれば苛立ちにくいという言葉も、時岡が自分で実践していることのひとつなのかもしれない。天才と呼ばれるだけあって、人とは思考の回路がだいぶ違っている。

「それでメールの件ですが……」

話がいち段落したところで降町が本題を切りだそうとすると、時岡はさえぎるように先に話しはじめた。

「君たちにやってほしいことを伝えるから、持ち帰って検討して見積もりをメールで送ってくれるかな。もうひとつの候補のサークルにも見積もりを出してもらって、たんに安いほうにするつもり。この件に関して、僕はあんまり細かい要求とかしないから。細かく想定して、期待どおりじゃなかったと失望するのも嫌だし」

それは降町たちにとって非常に好都合な申し出だった。

時岡が仕事を依頼するサークルを選ぶにあたって、サークルの活動実績や人数構成、仕事の方針などについて根掘り葉掘り聞いてくると降町たちは想定していた。企業で働く大人であれば、そうするのが普通であろう。だから、そこからボロが出ないように綿密な打ち合わせをしてきたのだが、出番がないのであればそれに越したことはない。降町の表情は安堵で緩んだ。

「わかりました。それでやってほしいことというのは？」

時岡はポケットから黒縁の眼鏡をひとつ取り出して無造作に机に置いた。

「これの普及実験をしたい」

普及と言われても降町には普通の眼鏡にしか見えなかった。実験しなくとも普及なんてとっくにしている。

「なんですか、これ」

「僕の考える携帯端末の次の進歩」

降町の頭にＳＦ映画で見るような未来の発明が浮かんだ。

「眼鏡をかけるとディスプレイが映るとか」

鼻息を荒くする降町に、時岡は冷たく首を横に振った。

「いや、たんに小型カメラとブルートゥースのついた眼鏡。ディスプレイなんて君の持っているスマホにだってついているでしょう」

だ。

「え、それだけですか」

カメラとブルートゥースだってすでについていると思ったが、その言葉は呑みこん

「それだけだけど、スマートスピーカーみたいな中途半端な進歩とは違う。これには人類が次に必要とする機能が備わっていて、いずれは爆発的に普及するものだから」

降町は半信半疑で隣を見るが、熊倉はふてくされた顔で窓の外を見ていた。

「その機能ってなんですか?」

「人間と端末が視界を共有できるってこと」

降町がまだ要領の得ない顔をしていると、時岡は補足するように説明を始めた。

「たとえば本棚を見て『このタイトルの本を探して』って言えば、端末が共有している視界からどこにあるか探してくれる。『この漢字なんて読むの』って聞けば教えてくれる。探したり調べたりするだけじゃない。テニスのボールがインかアウトか判定したり、信号の色を判別して警告音を鳴らしたりもできる。人間よりも遥かに精度の高い判定がおこなえる。会話している相手の表情や視線の微妙な動きから感情を読み取ることだってできる。さらには、記憶の補助もしてくれる。『さっきどこにペンを置いたか』とか『この人誰だっけ』とか。物の数を数えることだってできるし、可能性は無限に浮かぶ」

ああ、と降町と熊倉は同時に唸った。さっきまで興味なさそうにしていた熊倉がいつの間にか机の上の眼鏡に見入っていた。

「この眼鏡がそんな……」

「視野が共有できるのであれば、別に眼鏡型である必要もないけどね。人間が得る情報の八割は視覚に依存していると言われているだろう。そこにＡＩによる認識や判定が加わることで人が視界から得られる情報は格段に増える。スマートスピーカーの利点なんて入力に手を使わなくて済むってことくらいだろう。これはそれよりもずっと飛躍的な進歩を人間にもたらしてくれる」

ただ眼鏡にカメラをくっつけただけのものを出されて、これだけ胸を躍らされるとは思わなかった。

「これはいうなれば人間の第三の眼だよ。僕はこれをサードアイと呼ぶことにした」

自慢げに名前を披露(ひろう)した時岡に、今度は熊倉が疑問をぶつけた。

「確かにそんなものがあるのなら、すぐにでも欲しいです。でも、そんなに高度な画像認識の技術がまだないですよね」

熊倉の言ったように、この眼鏡だけを学内で配ったところでなんの意味もないのだと降町も気がついた。ＡＩによる高度な画像認識の技術があって初めて成り立つ話だ。

「ないね。でも、それも今回の実験の目的のひとつだよ。人が端末にどんなものを認識してほしいと思っているのか、それをＡＩに学習させたい。サードアイは八重樫テックとの共同研究事業で、現状では最先端の画像認識技術を提供してもらえている。さっき僕が語った理想ほどではないにしろ、それなりに実生活の役に立つはずだよ」

熊倉から聞いた話では、タイムマシンも八重樫テックという企業との共同事業だったはずだ。学内に大量に設置されたカメラは八重樫テックの製品で、庭大タイムトラベルというアプリにも八重樫テックの技術が使われている。スマホの部品などを生産している国内有数の大企業だ。

時岡は自らのスマホを机の上に置いて、サードアイモニターと書かれたアプリを起動してみせた。すると、机の上に置かれた眼鏡とスマホのアプリとが同期して、眼鏡の視界をスマホが画面に映しはじめる。時岡が画面に映った教室の掛け時計をタップすると、『時計』という文字が表示された。

「つまりは、このキャンパス内でたくさんの学生にこのサードアイを使ってもらって、データを収集するっていうのが時岡さんの依頼ってことですね」

降町がそう確認すると、時岡はため息をついた。それは降町のものわかりの悪さを咎めるようでもあった。

「依頼としてはそうだけど、この実験のいちばんの目的はデータの収集じゃないよ」

「じゃあ、何が目的なんですか？」

降町の質問にすぐには答えず、時岡は机の上の眼鏡をつまんで持ち上げてレンズを降町と熊倉へと向けた。二人の顔が机の上の時岡のスマホにはっきりと映しだされる。いち早く状況を察した熊倉が慌てて顔を隠そうとしたがすでに遅かった。二人がここで時岡と接触したことが、しっかりと記録に残ってしまった。

「ほらね、顔を隠す。見ず知らずの相手から撮影されるってことに人は抵抗を覚えるものだろう。なかには大きな反発を示す人もいるかもしれない。これはサードアイが社会に受け入れられるかの実験だよ。外に出て誰もがカメラを装着しているって状況を、人が受け入れられるのか試したいんだ。それがサードアイ普及へのいちばんの障害だから。期間は二か月、この依頼は大学全体を使った社会実験だと思ってほしい」

9　三賢人

時岡が帰った教室で、熊倉は悔しそうに机を叩いた。

「やられた。完全に油断しちゃってた。たったあれだけで計画が台なし」

「時岡さんがこっちの正体に気づいていたわけじゃなさそうだし、サードアイで撮影したデータが残っているとも限らない……」

降町の慰めに熊倉は拳で肩を叩いて返した。

「さっき時岡さんが、サードアイは記憶の補助もできるって言ってたでしょう。せっかく入念に準備したのに、ここで会ったのが私たちってばれちゃうじゃない」

「記憶の補助は最終的な理想像の話だよ。スマホのデータ容量じゃ、撮影したすべてを保存して残してなんておけないはずだから」

降町は時岡が残していった資料をめくる。来月から二か月間かけておこなう実験の詳細や、現状のサードアイの性能についてが、ここに書かれていると時岡は言っていた。

ページをめくっていくと八重樫テック製のアプリの解説が載っていた。それによると録画した動画データが残るのは直近の二時間分。タップしたアイテムについては画像が保存されて、記録が参考データとしてサーバーに送られるようだ。その参考データで画像認識のＡＩがさらに賢くなる。

「時岡さんが俺たちの顔をタップしていなければ、二時間後には動画は消える」

「どうだったっけ」

「話の後半は呆然（ぼうぜん）としてて、あんまり覚えていない」

「私も」

目を見合わせたあと、二人は同時にため息をついた。

「確かめるにはこのサーバーっていうのを閲覧するしかなさそうか」

サーバーに二人の顔の画像が残っていなければ、計画は続行できる。

「降町くん、自分が言っていることの意味わかっているの。それって八重樫テックのサーバーをハッキングするってことだよ」

「熊倉さんにそんなことができる知り合いは……」

「いないよ。そんな都合のいい人」

熊倉は呆れ顔で笑った。少しでも熊倉に笑顔が戻ったことに降町は安堵した。

「そっか」

二人のあいだに沈黙が流れたところで、熊倉が勢いよく立ち上がった。

「明日には至上調査団と会う予定になっているでしょう。とりあえず数理塾の部室に戻って、今後どうするかを検討しようか」

熊倉はすでに気持ちを切り替えたようだった。データが残っているかはわからないが、計画は始まってしまっている。どちらにせよ、引き返せるところまでは進んでみるしかない。降町も資料を手に取って席を立った。

トイレで再び着替えたあと、二人は数理指南塾の部室に戻ってきた。部屋に入ると桜田が退屈そうにスマホを見ていた。

「おかえりなさい、凛子さん」

「ただいまー」

熊倉は桜田の隣に座り、降町はテーブルを挟んだ向かい側に座った。

「三賢人の時岡さんと会ったんですよね。どうでした?」

「ものすごいむかつくやつだった。気に障ることずけずけと言ってきて、たぶん他人の気持ちとかわからないんだろうって思った」

「それ、なんか天才っぽいです」

「天才とか知らないよ。思い返しても腹立つ」

拳で机を叩いた熊倉を見て、桜田はくすくすと笑った。

「私も会ってみたいです」

熊倉と話しているところを見ると、この桜田が初めて会ったときに降町を縛りあげた格闘女子と同じとは思えない。

「真由ちゃんは有名人好きだね。でも、やめときなさい。首の骨折っちゃうよ」

「私が時岡さんのを？」

「そう、言動がむかつきすぎてね」

熊倉と桜田が楽しそうに笑いあうなかで、降町は気になっていたことをぽつりと口にした。

「ほかの三賢人もあんな変わり者ばっかりなのかな」

それにいち早く反応したのは桜田だった。

「し、渋谷さんは違いますよ！」

「渋谷……？」

降町が首を傾げると、桜田も同じように首を傾げた。

「知らないんですか？」

「降町くんは本当になんにも知らないから。真由ちゃんが言っているのは環境情報学科三年の渋谷大河のこと」

「渋谷さんはめちゃくちゃかっこいいし、人当たりもいいんです。一度お話ししたことがあるんですけど、話すこともおもしろくってすぐにファンになりました」

興奮気味の桜田の感想に熊倉が情報を補足してくれる。

「同じ三賢人でも、渋谷さんは時岡とは真逆よね。人たらしのカリスマだよ。時岡を発明の天才だとすると、渋谷さんは経営の天才って感じ。まわりに人が自然と集まるし、人を使うのがうまいんだと思う。今も三十四ものサークルを経営しているんだって」

規格外の数字にどう驚いたらいいのかもわからなかった。

「そんなに稼いでいるのに卒業はしていないの？」

「理由はいくつかあると思うけど、ひとつはコネ作りじゃないかな。前にも話したけど、中庭ビューっていう庭大生かつ実名登録限定のレビューサイトがあるの。これが企業にもかなり注目されているらしくて、新商品の掲載依頼が大企業とかからも来るって話を聞いた。学生って立場を利用して企業とのつながりを作っているんだと思う」

降町も熊倉に紹介されてそのサイトに登録してみた。会員登録すると実名で書かれたレビューが見られるが、登録せずとも評価の点数だけは見ることができる。大手通販サイトの点数よりもずっと信頼できると感じた。

「それだけ企業とのコネがあれば就職も有利だよね」

降町の言葉に熊倉は呆れた顔をした。

「渋谷さんは就職しないでしょう。するとすれば起業よ」

「ああ、そうだよね」

　庭大とはそのための場所なのだと降町は改めて気づかされる。

「渋谷さんが運営しているサイトでもうひとつ、『議員ペディア』ってサイトがあるの」

「それ、知ってる。有名だよね。ここの学生が運営してたんだ」

　国会議員や地方議員、市長などの情報が記録されたサイトで、国会や公式の会見やテレビのインタビューでの発言などが議員ごとに閲覧できる。選挙の候補者の名前で調べてみるとその人が過去にどんな発言をしていたかがよくわかるので、選挙前には必ずと言っていいほどＳＮＳにリンクが貼られて話題に上がる。アクセス数は相当なものだろう。

「あれ、どうやって編集していると思う？」

「考えたこともなかった」

　ウィキペディアと違って、閲覧者に編集の権限はなかった。みんなが簡単に記事を編集できてしまったらそれこそ選挙前に発言の捏造（ねつぞう）などがおこなわれてしまうはずだ。

「人海戦術よ。学内で大量にバイトを雇って、国会中継や会見とかの映像を文字に起こさせているの」

「それで利益が出るの？」

情報量を考えるとかなりの労力が必要そうだが、それほど広告で利益が出るとも思えなかった。

「これはあくまでも噂だけどね。議員からときどき、記事の削除依頼が来るんだって。問題発言をこっそりとなかったことにするために」

「発言を消して、お金を受け取っているってこと？」

「かもしれないし、たんに議員に恩を売っているだけかもしれない。渋谷さんは将来的に政界進出も視野に入れているなんて噂もあるから」

「でも、もし現金を稼いでいたら、不正行為になるんじゃないかな」

降町は興奮気味に熊倉を見たが、熊倉は首を横に振った。

「残念。ポイントを直接的に外貨に換える行為は禁じられているけど、外貨を稼ぐことは禁じられていない。そこが渋谷さんのうまいところ。ポイントを使って学内で人を雇って、それで最終的に外貨の利益が出てもいいの。学生を雇って作らせたサイトや動画が外貨の広告収入を得ても規則としては問題なし。むしろ大学側はそれを推奨している節もあるくらい。外貨が稼げるなら、その事業はそのまま外でも起業できるってことでしょう。稼げる人間を育てて輩出するって大学の理念に一致しているから」

「なるほど」

渋谷以外の多くの学生にとってもこの大学での最終目標は実社会での起業にそのまつながるサークルを作ることなのだろう。事業を試す場としてはこの上ない環境だ。

「それから、学内で学生を雇うことには大きなメリットがあるの」

「あまったポイントを消化できるってこと?」

降町の答えを熊倉は愉快そうに笑う。

「全然、違います。最大のメリットはサークルはあくまで大学の課外活動であって、労働じゃないってこと。雇用主が被雇用者の保険や年金を負担する必要がないし、言ってしまえば労働基準法を守らなくたっていい。まあ、外貨で利益を出したのなら納税は必要でしょうけど」

確かにどれほど練習の厳しい部活であっても、労働基準法に違反したなんて話は聞いたことがない。サークル活動もそれは同じということのようだ。

「だから、渋谷さんは飛び級で卒業していないってことか」

「あくまでこれは憶測で、本当のところは本人にしかわからないよ。ただ、渋谷さんのサークル関連のバイトは時給がいいことで有名だから、学内バイトしたいなら絶対に渋谷さんのところで働くのがいちばんいい」

「私も凛子さんに誘われて数理塾に来るまでは渋谷さんのサークルで働いてました。ときどき、渋谷さんが姿を現すのが楽しみで」

「本当に美形だものね」

「眼福ですよ」

桜田はテーブルの上で祈るように両手を合わせている。カリスマというよりもまるで信仰の対象のようだと降町は感じた。

「もう一人の三賢人の岩内さんっていうのはどんな人なの？」

岩内天音はもう七年もこの大学に在学し続けているという話だ。黒河からマクロ経済学バブルの話を聞いて以来、ずっと気になっていた。

「このサークル棟の最上階に住んでる仙人みたいな人だって。私も会ったことはないけど、噂くらいなら知ってる。聞きたいの？」

時岡や渋谷についての話は降町には驚くことばかりだった。もう一人の三賢人についても聞いてみたくなるのは仕方がなかった。

「気になるよ」

降町が食い気味に答えると、熊倉は肩をすくめた。あまり気が進まないようにも見える。

「岩内さんは凄腕の技術者なんだって。たった一人で学内のアプリをいくつも開発してきたらしいよ」

「単位取引所とか」

「そうね。あとは学内のリクルートサイトとか、庭大生専用SNSとか、マッチングアプリなんかもあったみたい。でも、四年くらい前のことだよ。ほとんどは廃れちゃって、今も広く使われているのは単位取引所くらいかな」

それをただの学生が一人で開発したっていうのが降町には驚愕だ。

「そんなすごい人なのに、作ったものは廃れたんだ」

「三年くらい前から更新とかほとんどしてないから、後発のサービスに次々と追い抜かれちゃったの。最終的には、渋谷さんのサークルがそのへんの需要をだいたいかっさらっていった感じかな」

「更新してないっていうのは、岩内さんが大学の敷地から出てないっていう話と関係あるの？」

「大学どころかサークル棟の最上階からもほとんど出ない、完全なひきこもりよ。ある出来事がきっかけでやる気をなくしちゃったみたい」

「その事件って何？」

熊倉は話しづらそうに視線を落としていたが、降町は踏みこんで尋ねた。

「SNSでの誹謗中傷よ。最初は岩内さんが作った顔認証出席システムへの批判だったみたい。講義への出欠確認を画像の顔認証でおこなうってシステムを教員陣に提供してたの。代返とか、途中退席とかへの対策としてね。初めは教員たちもそれをこっそりと使ってたんだけど、学期の途中でそういうものがあるって情報が学生にも広まった。すると、それを開発した岩内さんに批判が集中したの。勝手に顔認証をするなんてプライバシーの侵害だ、とかね」

「使ってたのは教員なのに……」

「開発者にも責任があるって、言いたいことはわかるよ。でも問題は、そのシステムへの批判は徐々に彼女個人への誹謗中傷へと変わっていったこと。皮肉にも岩内さん自身が作ったSNSの中でね」

芸能人の不用意な発言が炎上したときに、発言への批判が最後にはその人の人格への攻撃に変わる過程を降町もネットで何度も見てきた。それと同じことがこの大学内でも起こったのだろう。しかも、自分の作ったものが使われてそんな事態が起きたのだとしたら、やる気をなくすというのも理解できる。

「それでひきこもった先がサークル棟か」

「私はちょっとわかるよ。大学の外でひきこもったら逃げだしたみたいで悔しいじゃない」

熊倉はテーブルの上で拳を握っていた。岩内に対して共感するところがあるのかもしれない。

「じゃあ、去年のマクロ経済学バブルはその復讐なのかな」

　卒業できなかった学生が多数出たのは、岩内による意趣返しのようにも降町には見えた。

「それはどうだろ。誹謗中傷から三年も経って当時の学生の半分以上は卒業しちゃっているし。復讐にしてはやり方が無差別だから。岩内さんくらい賢いなら、誹謗中傷してきた学生たちにピンポイントで嫌がらせすることだってできたはず」

「そっか、言われてみれば」

「マクロ経済学バブルについては、教授たちが岩内さんに会いにサークル棟に聞き取り調査に来たらしいけど、彼女から動機は聞きだせなかったって。なんでそんなことしたのかは、誰にもわからなかったの」

　そこまでの話を聞いたうえで、降町の頭にはひとつの考えが浮かんでいた。

「でもさ、それだけの技術者なら八重樫テックのサーバーにアクセスすることができるんじゃないかな」

　いい考えじゃないかと降町が嬉々として熊倉を見ると、熊倉は眉を吊り上げて怒りを露わにしていた。

「降町くん、無神経すぎる。どの面下げてそんな犯罪行為を頼みにいくつもりよ」

「ごめん」

　降町は慌てて前言を撤回した。

「でも、確かにそのことを考えないとだよね」

つい三賢人の話で盛り上がってしまっていたが、時岡のサードアイに顔を撮影された問題がまったく解決していない。二人のあいだに暗い空気が流れるなかで、降町のスマホが鳴った。画面には黒河先輩と表示されている。

「黒河さんからだ」

降町がつぶやくと、熊倉がそれにすかさず反応した。

「降町くんの言ってた監査ゼミの先輩って、黒河和永のことだったんだ」

「知ってるの？」

熊倉は心底嫌そうに顔をしかめた。

「その人も学内の有名人だから。ただ悪い意味でね。塩瀬教授の番犬って呼ばれてて、このサークル棟の住人たちからいちばん嫌われている人だよ。スギ花粉と同じぐらいの嫌われ者。ほら、早く電話出なよ」

熊倉に促されるように降町が通話ボタンをタップするとすぐに黒河の声がした。

「おまえ、今から時間あるか？」

声の調子から黒河が急いでいることが電話越しにも伝わってくる。

「えっと、なんでですか」

「不正行為をしているサークルがひとつ見つかった。これから現金の受け渡しの現場を押さえる。おまえの手柄にしてやるから急いでこい」

黒河の言葉で降町はすぐに椅子から立ち上がる。ポイントを稼ぐ重要なチャンスだ。

「どこに行けば」

「至上調査団ってサークルの部室だ。全力で走ってこい」

その名前を聞いたとたん、降町は立ち上がった姿勢のままで固まった。

10　金の匂い

　至上調査団の部室の前に行くと黒河とほかにも塩瀬ゼミ所属の学生が二人、降町を待ちかまえていた。いち早く降町に気づいた黒河が静かにするようにジェスチャーで示す。降町が足音を殺して近づくと、黒河が囁くような声で話しかけてきた。

「早かったな」

「ちょうどサークル棟にいたんで」

　黒河は怪訝(けげん)そうに降町に顔を近づけてくる。

「おまえが、サークル棟に？」

「ちょ、調査ですよ。黒河さんに頼ってばかりじゃ悪いですから」

　降町の言い訳に納得した顔はしていなかったが、黒河は早々に本題に入った。

「取引に来た伴奏サークルの学生の鞄に盗聴器を仕込んでいる。現金受け渡しのタイミングで踏みこむぞ」

　黒河の隣にいる学生がヘッドホンを着けて集中している。彼が室内の音を盗聴しているのだろう。

「いいんですか、盗聴なんて」

「あとでこっそり回収するから大丈夫だ」

それが大丈夫な理由には聞こえなかったが、降町は必要以上の追及をしなかった。

「そっちは丸山だ。至上調査団の不正換金を突き止めたのはコイツだが、今回は手柄をおまえに譲ってくれることになっている」

ヘッドホンを着けているのとは違うほうの学生を黒河は顎で指した。丸山は坊主頭で筋肉質の男子学生だった。強豪校の運動部が似合いそうな風貌をしている。

「ありがとうございます」

降町は丁寧に頭を下げたが、丸山は口をへの字に歪めていた。

「礼はいい。交換条件なんだ。黒河、約束忘れるなよ」

「わかってるよ。俺は先週、何も目撃しなかった。それでいいんだよな」

「ついでに三か月前の失態も忘れろ」

「いいよ、もう掘り返さない」

黒河と丸山がそんなやり取りを交わすなかで、ヘッドホンの学生が片手を挙げた。

丸山が素早くうなずいて、ドアノブに手をかけた。

「突入する」

塩瀬ゼミの突入から部室内の制圧までは瞬く間の出来事だった。いち早く状況に気がついた緑髪の男が唯一逃げだそうとしたが、丸山が腕を固めて取り押さえた。黒河が中にいた学生の顔をカメラに収めると、抵抗しても無駄だと悟ったのか全員おとなしく投降した。顔がばれた時点ですぐに学生情報から名前も所属も照会されてしまう。ここで逃げても罪が重くなるだけだ。

そこからは夜九時までかけて、聞きこみと部室内の証拠の押収をしていった。降町にも仕事が与えられて、慌ただしく動き続けた。忙しくしているあいだだけはこのサークルが潰れたことで熊倉の計画が頓挫したという事実を忘れられた。黒河からの電話の内容を告げたときの熊倉の失意に満ちた顔が頭をよぎることもない。

調査が落ち着いてきたところで、丸山が降町に声をかけてきた。

「あいつ、金持ちのお坊ちゃんなんだとさ」

丸山が指さしたのは我先にと逃げだそうとした緑髪の学生だ。彼が不正の主犯格で至上調査団の代表でもあった。丸山の話によると、親の金を事業ポイントに換金していたらしい。ほかのサークル員は緑髪のおこぼれに預かっていたようだ。金も出さず、たいして働きもせず、ポイントだけを得ていた。それならサークルを一人で経営したほうがいいだろうに、緑髪はそれでも彼らをそばにおいた。今回の摘発に至ったのも、口を滑らせた人間が彼らの中にいたからだという。

「渋谷大河みたいな人気者になりたかったそうだ。でも、真逆だよな。ポイントのためだけに群がってきただけの取り巻きと、昼夜問わず働いてでも渋谷のそばにいたいって取り巻きとさ」

丸山が渋谷のことをあまりよく思っていないことがその言い方から察せられる。

「渋谷さんのまわりってそんななんですか」

「渋谷グループの幹部連中にとっては教祖様みたいなもんだよ」

祈るようなポーズをとっていた桜田の姿が降町の頭に浮かんだ。人気というものも、お金に近い力を持っている気がする。

「そういう意味じゃ、黒河も渋谷とは真逆だな。庭大の嫌われ者で敵だらけだから」

「丸山さんは黒河さんと仲がいいんですね」

降町が素直に思ったことを言葉にすると、けらけらと笑っていた丸山がぎゅっと顔をしかめた。

「嫌なこと言うなよ。俺は黒河に脅されてんだぞ。今回の手柄といい、下手に逆らえないだけだ」

しかし、手柄を取られたという割にはその原因である降町には優しい。慣れていない降町でもこなせそうな作業を優先的に振り分けてくれた。

「付き合いは長いんですか？」

「話すようになったのは今年、俺が塩瀬ゼミに入ってからだよ。あいつは前から塩瀬ゼミにいたから、最初に仕事を教えてくれて、ときどき話すようにはなった」

そこで降町は丸山の言ったことに引っかかりを感じた。

「黒河さんって去年も塩瀬ゼミにいたんですか？」

「二年生の春からいるよ。そのころから不正サークルを摘発しまくってたから、結果として学生たちからこれだけ忌み嫌われているのさ」

「ゼミの単位は？」

「二年の時点でもらっているだろ。ポイントもかなり稼いでるはずだし、本当ならとっくに卒業していてもおかしくないな」

「じゃあ、なんで卒業してないんですかね」

「知るかよ、自分で聞け。高校からの仲よしなんだろ」

それは丸山の言うとおりなのだが、黒河に踏みこんだ事情を聞くことが降町は昔から苦手だった。すぐに不機嫌になるし、だいたい話をはぐらかされる。降町が言葉に詰まっているのを見ると、丸山は自然に話題をそらした。

「降町は今年度卒業しなきゃいけないんだってな。順調なのか？」

「いいえ、あんまり」

「十月も後半のここから一発逆転を狙うなら、談合の調査だな」

「談合って、あの談合ですか」

ニュースでその単語を聞いたことはあるし、意味も知っている。公共事業の入札で企業が結託していることのはず。ただ、降町の頭の中でそれが大学とうまく結びつかない。

「大学がおこなう公共事業の入札額が上がり続けている。公共事業ってのはオープンキャンパスや式典会場の設営だとか試験官なんかの仕事だよ。しかも、大手のサークルがバランスよく順番に受注を繰り返していてな。塩瀬教授は何かしらの関与を疑っているみたいだ」

それは降町にとって初めて聞く情報だった。黒河も熊倉もそんな話はしてくれていない。気になって詳しく聞こうとしたが、いきなり背中を強く叩かれた。驚いて振り返ると、いつの間にか黒河がすぐ後ろに立っていた。

「談合なんて調べても時間の無駄だ」

黒河は不機嫌そうに告げる。

「でも、怪しいんですよね」

「入札額の値上がりはインフレが原因だ。少しずつだが内貨がインフレしてきている。だから入札額が上がっているだけだし、大手のサークルが順に競り落としているなんていうのもたんなる偶然だろ」

「塩瀬教授の勘違いってことですか」

黒河は不満そうな降町の目をまっすぐに見て話す。

「ああ、俺が調べたが何も出てこなかった」

「そうですか」

「それよりもおまえはできる作業が終わったならさっさと帰れ。明日は塩瀬教授にこの件を報告してレポートにまとめるからな。あくまでもおまえが捜査を主導したって体裁なんだ。それを忘れるなよ」

黒河はもう一度降町の背中を叩いて、至上調査団の部室から追いだした。

降町は廊下に出てから頭を掻く。今日の五限終わりに時岡と話をしてからこの時間まで、たった一日で色々な話を聞いた。とにかく情報量が多く、一度に押し寄せてきたせいで整理がつかない。気になっていることはたくさんあるのだが考えがうまくまとまらず、もやもやとしたものを抱えたまま降町はその場を離れた。


ぼんやりとした状態でサークル棟を出て家に帰ろうとしたところで、降町は数理指南塾の部室に鞄を置いてきてしまったことを思い出した。アパートの鍵も鞄に入っている。降町は長いため息をついて足を止めた。時刻は九時半をまわっている。熊倉も桜田もすでに部室の鍵を閉めて帰ってしまったかもしれない。もしそうだとすると今日はアパートにも帰れなくなってしまう。

期待はできないと思いつつもサークル棟に入りなおして数理指南塾に向かうと、まだ部屋には明かりがついていた。部屋の扉を開けると、熊倉が時岡に渡された資料をテーブルに広げて熱心に読んでいた。

「おかえり、降町くん」

熊倉は降町が帰ってきたのに気づいて顔をあげた。部屋を出たとき熊倉はずいぶんと落ちこんだ顔をしていたが、降町が摘発をおこなっているあいだに持ち直したようだ。表情を見ただけでわかった。

「ただいま。まだ残ってたんだね」

「ちょっと思うところがあって」

「思うところ?」

熊倉は降町に近くに寄るよう手招きをしたあと、テーブルに広げられたサードアイの資料を指さした。

「これ、お金の匂いがする」

熊倉のそのひと言で、降町の顔に満面の笑みがこぼれた。

「だよね。実は俺も歩きながらそのことを考えてた」

「奇遇だね」

降町の返答に熊倉もうれしそうな表情を見せた。それを見て降町はいっそう胸が昂る。

「この時岡さんの依頼、俺たちで受けよう。うまくやればサードアイを利用して稼げる気がするんだ」

「私も同じ考え。そのほうが当初の計画よりずっとリスクも低いしね。ただ、問題が二つ。ひとつ目は数理塾ではこの依頼を受けられない。なぜなら、大学に申請した事業内容から逸脱しているから」

熊倉の言うように事業申請からの逸脱は不正行為に当たる。

「じゃあ、新しいサークルを作ればいいんじゃないかな」

「実験の開始は来月だし、時岡さんは土曜日までに見積もりを送れって言ってきたでしょう。新しいサークルの事業申請を今からしていたんじゃ間に合わないの」

確かに申請には二週間程度かかると黒河に聞いた覚えがあった。土曜まであと四日で、十日経ったらもう十一月だ。

「そっか」

「一応、サークルの居抜きを買うって手がある」

「居抜きってラーメン屋とかでよく聞く、あの？」

前の店舗の設備が入ったままのテナントを借りることで、開店時の設備投資を安く済ませるという話は降町でも知っていた。

「そんな感じ。事業を始めたものの、思うように利益が出ずにほとんど活動していないサークルって結構あるのよ。そういうサークルに入れてもらって、前からいた人たちにはお礼を払って出ていってもらう。この大学じゃ、それを居抜きって呼んでる。事業申請ってかなり面倒だし、却下されることもあるから需要はあるのよ」

「なるほど」

「私の伝手をたどって明日から探してみるけど、今週中にそう都合のいい物件が見つかるとは限らない」

熊倉の神妙な顔つきから、期待薄だと熊倉自身が考えていることを降町は察した。

「俺も手伝うよ。それから、二つ目の問題っていうのは？」

「もうひとつの問題は、サードアイはこれ単体だけではたいした稼ぎにはならないってこと。時岡さんから依頼の報酬はもらえるけど、それ以上には利益が出ない。サードアイは確かに便利かもしれないけど、現状のシステムだけだと魅力に欠ける。こっちがポイントを払って学生たちに実験に協力してもらうことはできるけど、できれば学生たちの側からポイントを払ってでも実験に協力させてほしいと思わせるくらいじゃないと稼げないでしょう。それを補うアイデアが不足しているの」

それこそがまさに降町が今考えていたことだった。降町は興奮した様子で熊倉との距離を詰めた。意外にも詰め寄られた熊倉が動揺したのに気づきもせずに、降町は自信満々に言い放つ。

「それについては俺に考えがあるんだ」

降町は今やっと、この大学が楽しくて仕方がなくなってきていた。

11　ひきこもりの賢人

校舎の明かりはほとんど消えてキャンパス内が暗く静まるなか、部室のカーテンを閉め切って降町と熊倉は没頭するようにお互いの意見を交わし続けていた。

「さっき捜査に踏みこんだ至上調査団の代表がお金を払ってでも人気者になりたかったって話していたのを聞いて思ったんだ。人気には需要があるって」

降町は意気揚々と話すが、熊倉は難しい顔で頬杖をついた。

「まあ、それはそうかもね。SNSでも承認欲求を満たすことに夢中になっている人ばかりだし。でも、それってそんなたいした発見じゃないよ。人気って簡単に売り買いできるものでもないし」

熊倉の意見に降町は素直にうなずいた。

「簡単に売り買いできないのは、人気が可視化されていないからだと思う。でも、全学生の学内での人気や評判を数値で表すことができれば、そこにお金が発生するはず。たとえば人にカメラを向けた瞬間に、その人の頭上に星が五つ表示されて点数が見えるなんてどうかな。飲食店の口コミサイトみたいに」

「それをこの大学内でやるの?」

「俺はそう考えてる」

降町の話を聞くと、熊倉は黙って頭を抱えた。しばらく考えこむように低く唸ってから、強張った顔をあげる。

「うーん。その、うまく言えないんだけどね。他人に点数をつけるのってなんか、暴力的というか刺激的すぎるというか。よい結果は生まない気がするシステムだなって思う」

熊倉が暴力的と表現した感覚が、降町にも理解できていた。

「でも、刺激的すぎるくらいじゃないと流行らないんじゃないかな。サードアイの普及実験と同時に、他人の人間性を評価する口コミアプリを広めていく。もしそれが流行れば、サードアイの需要も爆発的に増えるはず。なぜなら、カメラを向けずとも自然に他人の点数が確認できるから」

サードアイとこの口コミアプリとは相性がいいと降町は確信していた。熊倉がサードアイの問題点としてあげた魅力の不足を十分に補ってくれる。ただ降町が熱弁をふるうのに対して、熊倉は尻ごみをしているようだった。

「流行るっていうのは同意するし、サードアイを求める人が増えるだろうって状況も思い浮かぶよ。でも、私は点数をつけられるって嫌だな」

熊倉の言うことに今度は降町が頭を抱えた。いい考えだと思って浮かれていたが、熊倉の意見はもっともだと気がついた。自分の身になって考えてみれば気持ちのいいことではない。それが誹謗中傷の道具にされる可能性だってある。

降町が鼻の頭を掻きながら考えこんでいると、熊倉がパンと手を叩いた。

「いいこと思いついた。画期的なこと」

「悪い顔してる」

悪事を企てているときの表情と同じだった。

「いいことだよ。点数じゃなくて、SNSのいいねボタンみたいにするのはどうかな。たとえば、人に親切にしてもらって感謝したときに、ありがとうってボタンをタップする。そうやってありがとうって感謝された回数がその人の頭上に表示されるの」

熊倉のアイデアに降町は思わず唸った。直接点数をつけるほど刺激的ではないものの、承認欲求をくすぐる要素は十分にある。何より悪用しにくいシステムだった。

「なるほど、確かにそれなら悪意が入る余地がない」

「いいねを集めるみたいに、ありがとうを集めようとする人が増えたら、大学内は親切であふれるでしょう。いいことづくめじゃない」

熊倉は楽しそうに両手を挙げる。

「なんか熊倉さんらしくない発想」

時岡を罠に嵌めようと考えていたのと同じ人間の発想とは思えなかった。

「あ、こいつむかつくボタン押したい」

「降町が熊倉さんのアイデアにいいねしました」

「なら許す」

「ありがとう」

「おー、さっそくありがとうもらえた」

「どういたしまして」

「それは私が言うやつ」

おかしそうにお腹を押さえて熊倉が顔をあげる。

「で、降町くん。そのアプリどうやって作るの？」

「……えっと」

「えっと？」

「考えてないです」

降町がおずおずと言うと、熊倉はまたお腹を抱えて笑った。

「笑わせないでよ、そんな気がしてたけど。実験開始まであと十日だよ。カメラの顔認証の技術も必要だよ」

「うん」

「この大学内でそんなアプリを作れるのなんて一人しかいないと思う」

三賢人の天才技術者、岩内天音に頼むしかないのだと熊倉は言った。

翌日、塩瀬教授への報告を済ませたところで降町は学食へと足を向けた。庭大の学食ではポイントを使って食事ができるとあって、昼どきは非常に混み合う。以前は購買部でもポイントが使えたらしいが、購買部で買ったものをネットで転売して現金に換金するという行為が発覚して禁止となった。それと同時に学食の食券の転売も禁じられた。

混雑している食堂内を尻目に、降町は学食の入り口脇に立ってじっとスマホを見ている。ここに来たのは食事のためではない。熊倉に言われた岩内に会うために必要な手順の一環だ。気長に待ち続けていると目的のアプリが点灯した。学食の配達アプリで、注文が入ると登録している配達員に仕事の依頼が来る。降町はすぐさまその依頼を受けた。届け先はサークル棟の最上階。

そもそもこの配達アプリは岩内が自分のひきこもり生活のために作ったもので、利用者はそう多くない。それに毎日昼過ぎに岩内からの注文が入ることは、配達員のあいだでは周知の事実のようだ。この時間に学食前で張っていれば、ほぼ間違いなく岩内からの注文を受注することができるというのが熊倉の情報だった。

学食のカウンターで配達アプリの名前を告げると、プラスチックの容器に入ったカレーライスとポテトフライがすぐに出てきた。降町はそれを受け取ってサークル棟へと急ぐ。たんに会うだけであればあまり障害はなさそうだ。

六階建てのサークル棟の最上階まで階段でのぼる。六階はほかの階と違っていて、廊下に明かりもついていない。このフロアの部屋すべてが岩内の個人サークルの所有らしいが、これだけ部屋があっても持てあましそうだと降町には思えた。それでもワンフロアを貸切るのには意味があるのだろう。配達の届け先に指定されているのはいちばん奥の部屋だった。

部屋にインターホンはない。ゆっくりと息を整えてから強めにノックをすると、ちょっと待ってくださいと声が返ってきた。

しばらく待つと、ボサボサの長い髪を後ろでまとめた化粧気のない女性が出てきた。上下灰色のスウェットで、服に汚れも目立つ。

「岩内さんですか?」

降町が尋ねると、彼女は怪訝な顔で降町のことをジロジロと見た。

「ああ、君は初めての人か。当たり前でしょう、ここには私しかいない」

頬が赤くほんのり上気していて、彼女の息からはウイスキーの匂いがした。呂律（ろれつ）もあまりまわっていない。まだ昼だというのにもう酒を飲んでいるようだ。

「あの俺、あなたに頼みたいことがあって」

不安に感じながらも、降町はすぐに岩内に本題を切りだした。

「仕事はやってないよ」

「話だけでも聞いてもらえませんか」

岩内はぽりぽりと頭を掻くと、仕方なさそうに降町の持つカレーを指さした。

「映画を観てる途中で忙しいの、食べてるあいだだけね」

「あ、ありがとうございます」

岩内は扉の内側に掛かっていた鍵束を手に持って、隣の部屋を指さした。

「商談はここの部屋」

かなり酔っ払っているのか岩内はなかなか鍵が差しこめずにいて、しびれを切らした降町が代わりに鍵を差した。勢いよく扉を開けると、窓からの光で埃(ほこり)が舞うのが見えた。中にはテーブルがひとつと椅子が二つ、ホワイトボードやプロジェクターもあるが最近使われた形跡はない。テーブルにも埃が積もっていたが、岩内はさほど気にした様子もなくカレーの容器をその上に置いた。降町は椅子に積もった埃を払ってから座る。

降町の向かいに座ろうとした岩内だったが、忘れてたと呟いていったん部屋を出ると、酒の入ったグラスを持って戻ってきた。

「お酒、好きなんですか？」

「苦いだけであんま好きじゃない」

返ってきた答えで、降町は目の前の人が変人と呼ばれているゆえんを再確認した。

「じゃあ、なんで飲んでるんですか」

「お酒を飲むと馬鹿になるから」

グラスのウイスキーをひと口飲んで、岩内は苦そうに歯を見せた。

「余計に意味がわからないです」

「馬鹿なほうが簡単に楽しくなれるからかな。ほら、小さな子供って同じことの繰り返しで何度も笑うでしょう。毎日同じものを見ても、同じように笑う。人形が二つ並んでいるだけで笑ったりできる。本当に馬鹿だよね。私もさっきまで映画観てたんだけど、酔って観るほうがずっと楽しいの。前にも観たことある映画なんだけどね」

酒が入っているせいかもしれないが、偏屈そうな第一印象とは違って岩内は実は饒舌な人間のようだ。

「まあ、確かに馬鹿なほうが楽しそうっていうのは俺もわかります」

降町には何が楽しいのかわからないようなことで、楽しそうに騒げる人たちが世の中にはいる。偏見かもしれないが、彼らが賢そうではないと感じたことは確かにある。

「でしょう。昔の偉いお坊さんや哲学者なんかは、賢いほうが幸せだって言ってたみたいだけど、そんなのは嘘。高尚な幸福なんてあるわけない。人は賢くなればなるほど、人生が楽しくなくなっていくのよ」

その極端な言い分には、降町も苦笑いしかできなかった。

「それには同意できませんけど」

お金をたくさん稼ぎ、いい人間関係を築き、周囲からの評価を得る。それは賢くなければなかなかできないことだ。馬鹿であるよりは、賢いことのほうが結局は幸福になれるのだと降町には思える。

「生意気ね。いいけどさ。あのね、人生には楽しくなるための種があって、それを賢い人のほうがたくさん集められる。でも、賢くなると一回楽しい気分になるのに種がたくさん必要になってしまうの。君から見れば種をたくさん持っている人は幸せそうに見えるかもしれないけど、種をたくさん持っていればたくさん楽しいってわけでもない」

岩内の言葉の意図を念のため降町は口に出して確認する。

「えっと、俺は賢くないって言われてますか」

「それに気づくなんて賢いじゃない」

その程度で腹を立てたわけではないが、釈然としないものがあった。

「それを酔っ払いに言われたくはないですよ」

降町が強めに言うと、岩内は笑いながら天井を見た。

「あれ、前にもこの話したっけ？」

「会ったのは今日が初めてです」

岩内は愉快そうにグラスを傾ける。

「そっか、でもね、安心して、みんな馬鹿なのだからしょうがないの。人間は賢くなればなるほど、馬鹿なほうが幸せだったと気がつく馬鹿ばかりなのに。ゲームの仕組みや最適解を知ってしまってから、知らなければもっと楽しめたのだと気がつくように。でも、そこから引き返すことはもうできないし、その道を進まずにはいられない。馬鹿であればあるほど賢いのに、賢い馬鹿たちはそれがわからず賢くなろうと努力なんてしてしまう」

独特で難解な言いまわしに、降町は頭を抱える。

「それって、岩内さんは賢くなったらもう幸せにはなれないと考えているってことですか」

岩内は人差し指を立てて、チッチッと指を振った。

「そのために酒があるのでしょう。利口に幸せの種を集めたら、あとは酒を飲めばいいの。それが本当に賢いってことよ」

同じ天才でも、時岡には時折人間らしさが垣間見えた気がした。でも、降町にとって岩内はあまりにも理解しがたい存在に感じた。

12 親切メーター

ウイスキー片手にカレーを食べる岩内に、降町は自分たちの計画を一から丁寧に説明した。時岡が学内でサードアイという端末の普及実験をおこなうこと。時岡からの普及依頼を請け負うつもりだが、ポイントで学生を雇って被験者を集めるのではない、学生側がポイントを払ってでも実験に参加させてほしいと思う状況を作りだすことが目的であること。サードアイの需要が高まるまでは人を雇うが、最終的には実験参加費という形で被験者側からポイントを徴収して利益を出すつもりだった。

その逆転状態を作りだすために『親切メーター』と名前をつけた感謝数の表示アプリを普及させることを降町たちは考えた。それは感謝の数を競い合う、学内での人気を可視化するツールとなるはず。そうなれば、学生たちの承認欲求がサードアイの需要を生む。

そして、その親切メーターの作成を岩内に頼みたいのだと最後に頭を下げた。降町が話すあいだ、岩内はカレーを食べる手を一度も止めなかった。相槌を打つことも、疑問を挟むこともなかった。

食べ終わってスプーンを置いてから、岩内は頬杖をついた。

「発想はおもしろいかな」

とりあえず興味は持ってもらえたとわかっただけで、降町はわずかに安堵した。

「できますか？」

「作れるよ、私なら。出席システムを流用すればそんなに時間もかからないだろうね。ただ運営していくにはそれなりの労力が必要だし、サーバーにだってコストがかかる。正直言えば面倒くさい。それでもやろうと思えるほどに、この事業には私に何かメリットがあるの？」

「サードアイの利益からお支払いします。金額もできる限り岩内さんの希望に沿った額を検討したいと思っています」

降町のかしこまった提案に、岩内はつまらなそうな顔で首を横に振った。

「嫌味じゃないけど、ポイントなら十分に持っているから。昔稼いだポイントだけで、こうやって暮らしていけてる。君は不労所得で悠々と暮らす人間に、お金を払うからバイトしてくださいって言うのかな。そんな面倒なことをしてポイントを稼ぐくらいなら、映画の続きでも観ていたほうがましだって思うでしょう」

岩内の言うことはもっともだった。降町は頭をひねる。

「何か欲しい物や必要な物はありませんか？」

「ないね。強いて言えば、楽しい時間の邪魔をされないことが望みかな。本当は映画を観ながらカレー食べようと思っていたし。あ、こっちのポテトフライは映画観ながら食べるから」

　ポテトフライの入った容器だけ持って席を立とうとする岩内を、降町は慌てて引き留めた。

「じゃあ、去年のマクロ経済学の単位の高騰もただ楽しかったからやったんですか？」

　それが岩内を引き留めるために降町が頭を猛回転させてひねりだした質問だった。酒で虚ろだった岩内の目が一瞬だけ鋭く降町をとらえた。岩内はしかめ面で頭を掻くと再び座りなおした。

「楽しかったからじゃない。あれはちゃんと目的があってのこと」

「何が目的だったんですか」

「それは言えない」

　さっきは欲しいものはないと言っていたが、何もないわけではなさそうだった。岩内が何か目的を持って行動しているならそれが交渉の足がかりになると降町は踏んだ。

「目的が何かを言えなくてもいいです。俺にも何かその目的達成の手助けくらいならできるんじゃないですか？」

岩内は食い下がる降町をじっくりと観察してから、小さく息を吐いた。

「じゃあ、三年の渋谷大河を今年度で卒業するように説得してほしい。あいつがこの大学にいると都合が悪いんだ」

その突飛な申し出に降町は大きく首を前に出した。

「えっと、俺は渋谷さんに会ったこともないですけど」

「これから知り合えばいい。友達になって損な相手でもないでしょう」

岩内は簡単に言うが、渋谷は三賢人の一人で多くの取り巻きがいると聞いていた。

「いや、大学一の人気者とそうそう友達になんてなれないですし、ましてや卒業するように説得するなんて親でも難しいですよ」

降町だって父親が倒れるという状況がなければ、母親に説得されても在学を望んでいたかもしれない。

「説得が成功することをそこまで期待しているわけじゃないよ。ただ、君は勘だけはよさそうだから、渋谷の懐にも入りこめそうな気がする。親しくなったら、さっさと起業したらどうかってそそのかせばいいのよ。どうせ、卒業に必要な単位なんて渋谷はとっくに集めているんだから。君が渋谷と親しくなれるというのなら、この仕事を受けてもいい」

降町はテーブルに両肘をついて頭を支えると、しばらくうつむいて考えこんだ。

軽々しく返事ができることではないと思った。しかし、岩内に仕事を受けてもらう方法がほかには思いつかない。

「できる限りでいいなら」

悩んだ末に降町が出した精一杯の答えはそれだった。一緒に計画を立てた熊倉のためにもここで引き下がってしまいたくなかった。

「そうね、それでいいよ。あ、でも報酬と経費はちゃんと別に払ってもらうから」

「わかりました」

ここに来た目的は一応果たせたが、それを素直には喜べなかった。塩瀬ゼミにサードアイ普及に単位集めと、ただでさえやることが山積みだというのに、そこに渋谷を説得するという無理難題が加わってしまった。これで状況がよくなったのかさえわからない。戻ったら熊倉に相談しないといけないと、降町は肩を落とした。

降町が難しい顔をしていると、岩内はポテトフライの容器を開けてポテトをひとつ摘んだ。

「君も食べていいよ」

「ああ、はい。ありがとうございます」

降町は勧められるがままにポテトを手に取って口に入れる。

「一応言っとくけど、その親切メーターっていうやつ、このまま作っても問題が起きるよ」

「問題ですか？」

「個人情報保護法って知ってる？」

「存在だけは」

そういうものがあることは降町も知っていたが、内容についてはほとんど知らない。

「たぶんそれに抵触する」

「親切メーターは感謝された回数を表示するだけで、個人情報なんて使わないと思いますけど」

必要なのは顔の特徴を数値化したものだけで、顔写真を保存する必要もないと降町は考えていた。

「個人の顔を認証して、それとデータを紐づけるつもりなんでしょう。その人の顔の特徴を数値化したデータをサーバーに保存しないといけないし、顔の特徴を認証できる記録は個人情報に含まれるって考えられてる。私が以前作った、出席システムが炎上したときもそれが槍玉にあげられた。勝手に顔の認証データを収集して利用しているのは個人情報保護法違反じゃないかって」

降町も熊倉もそこまで気がまわらなかった。二人ともアプリを作れさえすればいいとしか考えていなかった。岩内はさらに先まで見据えている。

「やっぱりまずいですかね」

「当たり前でしょう。私は訴えられたくない」

　裁判沙汰という四文字が頭をよぎって、降町はうなだれた。大学の規則どころの話ではなくなる。

「ただ、この場合はやりようがあるかもしれないね」

「本当ですか？」

　降町が顔をあげると、岩内はゆっくりとうなずいてみせた。

「動画サイトに著作権違反の動画が上がっていることってあるでしょう。あれって罰せられるのはアップロードした人になる。サイトの運営側は削除依頼に適切に応じてさえいれば、違反したことにはならない」

　岩内の言葉の意味するところを降町はすぐに理解した。

「ああ、なるほど。この親切メーターもデータをアップロードした側に責任転嫁すれば……」

「そういうこと。利用規約に、『相手の承諾を得てからありがとうボタンをタップしてください』とでも書いとけば、あとは利用者の責任になる。運営側は削除依頼に応じるだけ。まあ、実際にはボタンを押す前にいちいち相手に確認取るなんて、そんな使われ方はしないでしょうけどね」

岩内からは次々と具体的なアイデアが飛びだしてくる。

「それから削除依頼を減らすためにも、アプリの利用にはアカウント登録を必須にすることもいるかな。アカウント作成時に自分の顔データを登録させて、個人情報の取り扱いの項目に合意させれば、登録者からの削除依頼には答えずに済む」

実際にいくつもアプリやウェブサービスを作ってきた技術者だけあって、何が必要かを的確に把握しているようだ。

「あと、ほかにも大事なことがある。それはありがとうってボタンを使える回数に制限をつける必要があるってこと。一人に対して一日に一回までしかボタンを使えないとか、同じ相手には累計五回までしか押せないとか、上限を決めないといけない」

岩内はそれを個人情報の扱いと同じくらい大切なことのように語った。

「それって大事なことですか？」

「やらなければ、ありがとうの価値が下がってしまう。簡単に手に入るものに人は価値を感じづらいから、ありがとうを集めさせたいなら難しさを与える必要がある。難しいから欲しくなるの。それには制限をかけるのが手っ取り早い」

「なるほど」

「アカウントを顔の認証データと紐づけておくなら、一人でいくつもアカウントを持つことを防げるから都合がいいね」

次々と具体案を提示していく岩内に、降町はおずおずと口を挟む。

「同じ相手には累計五回までにして、それに減点を加えることもできますか?」

「一度つけたありがとうを取り消すってことなら簡単。けど、そうなると五点満点で星をつける状態に近づくよ。母数の表示がないから同じではないけど。君らは、そういうのを避けてこのシステムを考えたのかと思った」

岩内は降町の考えを見透かしているかのようだった。

「俺は最初は点数式を提案したんですけど、一緒に考えた相手がそれは暴力的だと」

「暴力的、ね。おもしろい言い方」

おもしろいと言いつつも岩内は少しも笑っていない。

「その子の言うように感謝の数を表示できるようにすれば、きっと他人に親切にする人が増えると思います。俺の考えでは、それと同じように悪いおこないをしたときに点数を減らされるとわかれば、他人を傷つける人が減るんじゃないかと」

熊倉に説得されてからも、内心ではそのほうがより理想に近いと降町は考えていた。

ただ、その葛藤を岩内は一蹴する。

「君らの目的は世界平和じゃなくて、サードアイの普及でしょう。たんに世間で流行るかどうかを考えるなら断然点数式。自分に点数がつけられていると知ったら、人は見ずにいられないものだから。エゴサーチと同じ。それが褒め言葉じゃなかったとしても、抗えない」

「岩内さんもそうだったんですか」

岩内はポテトを二本口に放りこんで、噛みながらしゃべる。

「そうね。そこにあるのが自分にとって悪いものだと知っていたはずなんだけど、見た。言い返してやらないと気が済まないって思ってたから。でも、実際それを見てしまったら言い返す気力なんてなくなったよ」

それを言い終えたところで岩内は口の中のポテトを強引に飲みこんだ。

「もし親切メーターが思うように流行らなかったとき、点数式に切り替えられるようにできますか？」

「君は悪いやつだね。でも、私はそれでいいと思う。ありがとうの個数の平均点が表示されるようにするくらいならなんてことないから。アップデートで切り替えられるように仕込んでおくよ」

熊倉に相談せずに決めてしまったが、あくまでうまくいかなかったときの保険だと降町は自分に言い聞かせる。

「お願いします」

降町は埃の積もったテーブルに両手をつけて頭を下げた。

「今日はもう酔ってるから、明日から取りかかるよ。まだ映画も途中だったしね。詳しい仕様をどうするか確認したいときは連絡するから、君らの名前と連絡先をおいていって。渋谷の件も改めて指示するよ」

降町は持っていたメモ帳を一枚破って、自分と熊倉の連絡先を書いて岩内に渡す。岩内はポテトの油がついたままの手で紙を受け取った。

岩内はこれで話は終わりと言わんばかりに立ち上がろうとしたが、ふと受け取った紙と降町のことを交互に眺めて首を傾げた。

「君が降町ってほう？」

「はい」

「実家は中古カメラ屋？」

父の仕事を言い当てられてどきりとした。

「そうですけど、なんで？」

岩内はにんまりと笑う。

「君がクロの高校の後輩だったか」

13　クロと庭の女王

三年半前にはまだ三賢人という呼び名はなく、学内事業は当時四年生だった岩内天音の一強状態だった。大学内で利用される専用のウェブサイトやアプリは岩内の作ったものが大半で、事業ポイントも岩内が流通量の三分の一以上を一人で所有していた。当時を岩内天音独裁時代と呼ぶ学生もいる。たった一人で多くの事業を立ち上げてサークル棟の最上階に君臨する姿はまさに女王のようだった。多くのサークルが岩内の事業の下請けで利益を得ていたこともあり、彼女に競争を挑む者は誰もいなかった。

それが、黒河和永が入学したばかりのころの庭大の情勢だ。

強い野心を持って庭大に進学した黒河は、すぐに自分のサークルを作って事業に取りかかることに決めた。サークルにはクラスで浮いていた時岡融を誘った。まだ自分のやりたい理想の固まっていなかった時岡は黒河の誘いに快く応じてくれた。周囲に馴染めない者同士、馬が合ったからかもしれない。

二人のサークルがおこなった事業内容はウェブ広告だ。そのころは学内向けのウェブやアプリが様々開発されていたが、そこに表示される広告は学外の一般的なものだけだった。そういった広告をサイトに用いると、収益が外貨になってしまう。その場合手続きが面倒だったり、サークル内のトラブルの原因になったりと、問題が噴出していた。そこで黒河は学内向けの広告をポイントでやりとりできるようにならないかと考えた。

黒河はサークルやゼミをまわって広告を募集し、時岡が学内ウェブやアプリにその広告を掲示するシステムを作りあげた。大学が学内事業向けにポイントでサーバーを貸し出すサービスを始めた時期でもあって、外貨に頼らずポイントで収支が完結する学内広告は多くのサークルに喜ばれた。

設立当初はうまくいったかに見えた二人の事業だったが、二か月ほど経つと一気に売り上げが落ちた。原因は明らかで、岩内がウェブ広告事業に進出してきたことで仕事が取り合いになったからだ。そして、その競争において黒河たちに勝ち目はなかった。学内のウェブ事業の多くが岩内傘下にあったのだから当然の結果とも言える。それらのサイトが次々と岩内のウェブ広告サークルへと鞍替えをしたことで、黒河たちの仕事の多くが奪われた。

先に降りると言いだしたのは時岡だ。ウェブ広告事業をこのまま続けても売り上げは衰える一方だと判断した時岡は、黒河を残してサークルをやめた。

「黒河君には悪いけど、岩内さんのサークルと争ったって仕方ないでしょう」

黒河は二人で汗水たらしてこのサークルを育ててきたつもりだったが、時岡はあっさりと積み上げてきたものに見切りをつけた。

「時岡は負けっぱなしで悔しくないのか」

「ないよ。僕のやりたいことはたぶんそういうことじゃない気がするから」

そんな時岡の態度にも黒河は無性に腹が立った。

「俺は戦う。理由は気に食わないからだ」

先に事業を始めて道を切り開いたのは自分たちだったのに、あとから始めた岩内にその成果を横取りされたのが黒河には許せなかった。負けた理由はひとつだと黒河は考えていた。岩内のほうが先に入学していたことだ。先に学内での事業を始めたから、岩内が影響力や権力を持っていただけにすぎない。そんなものに負けたということが余計に黒河の癪に障った。

時岡が去ったあとも黒河は広告事業を続けた。岩内に対抗するためにほかにも二つ事業を始めた。しかし、どれも岩内の築いた帝国の前ではなすすべもなかった。ただ、それでも黒河は諦めなかった。何度壁に跳ね返されても、余計に闘志を昂らせた。挑み続ければいずれ岩内の喉元に嚙みつけると、そう信じていた。

しかし、それが叶うことなく黒河の挑戦は幕を下ろした。岩内の作った出席システムが学生のあいだで炎上したことが、幕引きのきっかけだ。絶対的な女王を追い詰めたのは不撓不屈の挑戦者ではなく、不特定多数の罵詈雑言だった。出席システムへの非難はほんの口実にすぎず、それまで溜まっていた岩内への不満や妬みが学生たちの中で爆発したのだろう。悪意に満ちた中傷に晒された岩内は、事業の多くを放棄してサークル棟の最上階にひきこもってしまった。

仇敵を失った黒河は途方に暮れた。目の前にあった高い壁が蜃気楼のように姿を消してしまったのだ。行き場を失った怒りだけが、胸の中で重くもたれかかっていた。

黒河がひきこもった岩内に会うことができたのは一年生の終わりのときだった。思い切ってサークル棟の最上階に足を踏み入れると、岩内は日の差す廊下で一人淡々とボウリングをしていた。今の岩内はほとんど人に会わないと聞いていたから廊下で遊んでいることに黒河は驚いた。下手くそなフォームでボウルを転がして、当たって弾けたピンは豪快な音を廊下に響かせる。

「あなたが岩内天音さんですか？」

一人でガッツポーズをする岩内に黒河は恐る恐る話しかけた。

「そうだけど、君は？」

岩内は黒河のことを見もせずに不機嫌そうに聞き返した。

「経営学科一年の黒河です」

名前を名乗ると、岩内は興味深そうに黒河の顔を見た。

「その名前知ってる。君があの狂犬か」

「狂犬？」

「いかれた犬みたいに私のサークルに嚙みついてくるから」

岩内の言い方に黒河はむっと顔をしかめる。

「嚙みついてくるって、先に仕掛けたのはそっちですよね」

岩内は心当たりがなさそうにゆっくりと首を傾ける。

「ウェブ広告のこと？」

「そうです」

「それさ、自分たちがいつまでも市場を独占していられるなんて考えのほうが甘いでしょう。競争あってのこの庭大なんだから。それに私がウェブ広告事業に手を出したのは君らのサークルの仕事に不満があったから、それなら自分でやろうって思っただけ」

「どこが不満だって言うんですか」

黒河が嚙みつかんばかりに詰め寄るが、岩内はそれにまったく動じない。

「広告の形に幅がなくてさ、私の作るデザインに合わないとこ」

「外部の広告会社だってそうでしょう」

バナー広告の形状なんかはある程度限られている。

「そうなんだよね。実は前から不満だった。君らのサークルを見て、そっか自分で作ればよかったんだって気づけたかな。そしたら表示される広告の色調なんかも指定できるし、大満足だったよ」

このときまで黒河は自分が岩内の広告事業に負けたのは、庭大には岩内の傘下のサークルばかりあるからだと思っていた。組織力と影響力の差で負けたのだと思いこんでいた。だから、自分たちの広告が選ばれなかった理由が利便性やデザイン性にあったと言われたことに少なからず衝撃を受けた。

「俺たちの広告は使いづらかったですか」

「私の好みではなかった。君は勘違いしていそうだけど、別に新入生のくせに生意気だって思って潰しにかかったわけじゃないから」

女王というあだ名も相まって、黒河は岩内のことを意地が悪くわがままな人間だと勝手に思いこんでいた。

「そう思ってました」

「人に噛みつくのはちゃんと確認してからにしなよ」

「噛みついていいですかって?」

黒河が真剣な顔つきで聞くと、岩内は愉快そうに笑った。

「それでいいって言う人はいないでしょう」

会話をしながらも岩内は廊下に散らばったボウリングのピンを集めはじめた。黒河はその後ろについて歩いて、言いたかったことを岩内の背中にぶつける。

「競うことに相手の許可はきっといらないですし、よく考えれば岩内さんの動機なんか関係ないんです。実際、俺たちのサークルは岩内さんの事業と競って負けました。それが悔しいことには変わりありません。俺はまだ岩内さんと競って勝ってないことが心残りなんです」

四年生の岩内はあとひと月もすれば卒業してしまう。負けたまま終わりでは黒河の気が済まなかった。

「勝ち負けにこだわるなんて、子供ね」

岩内はしゃがみこむと、今度は拾い集めたピンを立てて並べていく。大学の廊下でボウリングをする人が、どの口で他人を子供だと言うのだろうか。

「別に俺は犬と言われても子供と言われてもかまいませんよ。岩内さんは卒業したらどうするつもりなんですか?」

卒業という単語に反応して岩内は一度手を止める。

「卒業するのはやめた」

「やめたってどういうことです」

岩内は今年度で卒業するものだとばかり思っていた。

「ここから出たくないから、やめたの」

岩内は思い出したようにまたピンを並べはじめる。

「院にも進まずずっとここにいるつもりですか？」

「そうね。ずっと」

庭大は留年できるのは四年までだ。ずっとなんていられない。それをわかっていて黒河は聞いたのだが、岩内の返答は単純だった。

「つまらなくないですか、こんなところに一人で」

岩内はボウルを拾いあげて、見せびらかすように黒河の顔の前に持ってきた。

「つまらなそうに見えるかな？」

「見えたから言っているんです。一人で廊下でボウリングなんて、楽しいのは最初の一投くらいのものでしょう。それにそもそもが退屈で仕方がないから、廊下でボウリングしてみようなんて思いつくんじゃないですかね」

「辛辣だね」

「誰だってそう思いますよ。この人は毎日一人で同じことの繰り返しのような退屈な日々を過ごしているんだろうなって簡単に想像がつきます」

岩内は肩をすくめると、また下手なフォームでボウルを転がした。当たった数本のピンが弱々しく倒れる。

「私は自分の父親がすごく嫌いだった。あの人は、すぐに最近のアイドルって同じ顔に見えるって言うし、最近の音楽だってどれも同じ曲に聞こえるって言う人だった。あの人にとっては、どの漫画も、どの映画も、最近のものはみんな同じ」

唐突に始まった岩内の父親の話に黒河は首を傾げた。

「なんの話ですか？」

黒河の質問には答えず、岩内は父親の話を淡々と続ける。

「どれも似ていて同じように見えるって気持ちもわからなくはない。でも、あの人がね、それで物事を貶したつもりになっているってことが私は心底嫌だった。私が思うに、似ていることはイコール駄目なことってわけではない。私はオペラを聞いても曲の区別はつかないし、ワインを飲んでもどれも同じ味に感じる。でも、それは私がその違いをわかっていないだけのこと。馬鹿にされるのは違いのわからない私であって、オペラやワインではない」

「岩内さんの言ってることはわかります」

黒河もコーヒーの味の違いはわからないし、芸術にだってうとい。

「そうでしょう。アイドルの顔や今どきの曲でも同じよ。同じように見えたり聞こえたりするなら、馬鹿にされるべきはそれを言った人だと思う。なのに私の父親は、自分に違いのわからないものはくだらないものだって思っている実にくだらない人だった」

　黒河が相槌を打つのを見て、岩内は話を続ける。

「前に本で読んだんだけど、江戸時代の着物って鼠色だけでも百種類以上の色があったらしいよ。ちょっとした違いの灰色ばっかり。でも、そういう小さな違いが風情があるってことだったんじゃないかなって思う。音楽にしろ食べ物にしろ、追求すればするほど小さな違いを求めるようになっていくものよね。それが好きな人ほど簡単にはわからないようなわずかな違いを語るものでしょう。だから違いは小さいほど、より人を魅了するんだって気がする。それは人も同じだと思うのよね。個性だなんだのって言って他人と自分のあいだに大きい違いを求める人は、違いのわからない人間なのよ。やたら派手な格好をしたり、子供に個性的な名前をつけたり、ＳＮＳで変わったことをしたり……」

　黒河はいっこうに話が進まないことにしびれを切らして、岩内の言葉をさえぎる。

「言いたいことはわかりますよ。わかりますけど、これなんの話なんですか？」

　すると岩内はにやりと笑った。

「君には私の日常が同じことの繰り返しに見えるのだっけ？」

ああ、それが言いたかったのかと、黒河は小さくため息をついた。想像していたよりも岩内はずっとおかしな人のようだ。

「見えますよ。毎日が同じです。同じことの繰り返しで退屈でつまらないです」

「えっ、私の話、聞いてた？」

「途中から長くてつまんないなって思ってました。一人でひきこもってつまらない日々を過ごしていると話もつまらなくなるんだなって」

「嚙みつくなよ。感心したくせに」

「嚙みついてませんけど」

14　慣性の法則

黒河は二年になると自分で作ったサークルを畳んで塩瀬ゼミに入った。自分で事業をやるよりも、今学内でおこなわれている事業について学びたいと思ったからだ。それにはサークルの内部事情を調べる権限のある塩瀬ゼミが最適だった。

時岡は黒河と別れたあとに一人で始めたサークルが成功し、一年生で学部の卒業を果たした。しばらく時岡と一緒に活動していた黒河は、時岡には自分とは違って非凡な才能があることに気がついていた。だから、あまり驚きはなかった。大学院に入り、今年はタイムマシンを作る予定らしい。タイムマシンなんて突拍子もないものだが、時岡ならできてしまうような気もしてくる。時岡に大きく差をつけられたことに焦りを感じもしたが、今はほかから学ぶことに力を割こうと黒河は決めていた。そう考えるようになったのは岩内と出会ったからだ。

黒河は週の半分はサークル棟の岩内の部屋へと通っていた。岩内は狭い部屋の中でいつも忙しそうな顔でゲームばかりしていたが、実際のところは退屈していたのだろう。教えを請えば岩内は自分の培ってきた技術を惜しげもなく黒河に披露してくれたし、用事がなくとも岩内は自分の考えを延々と聞かせてくれた。岩内の考えることはどんなことでも黒河にとって新鮮に聞こえた。岩内の元を訪ねるのは黒河にとってとても楽しい時間だった。

「クロ、塩瀬ゼミに入ったんだって？」

狭く散らかった部屋の中で、岩内は黒河が届けた食堂のかつ丼を頬張りながら話す。電源のついていないコタツで黒河は岩内の向かいに座っていた。

「そうですけど、なんでそんな嫌そうな顔するんですか」

「私、あの先生嫌い」

「穏やかでいい人ですよ。ちょっと腹黒いとこはありますけど」

「腹黒い同士でさぞ気が合うんでしょうね」

「怒ってます？」

岩内はつまらなそうに首を横に振った。

「わからないなって思っただけ、あのゼミでやってることは他人の粗探しでしょう」

「それは誰かがやる必要のある仕事ですよ。不正にポイントを稼ぐ学生を野放しにしておいたら、真面目に稼いでいる人たちが馬鹿みたいじゃないですか。俺はそういう正直者が馬鹿を見るのって嫌いなんですよね。悪いことをしたやつには、それなりの罰が与えられないと」

「はいはい、クロって本当に真面目ね。でも、大学を卒業して社会に出たらそんなものよ。ずる賢い人や悪い人ばっかりで、みんなうまくやってる。いちいち腹を立ててたらやってけないと思うけどね」

「社会に出たこともないくせによく言いますね」

岩内と黒河の会話はだいたい言い合いになる。屁理屈と皮肉の応酬ばかりだ。

「前から思っていたんだけど、クロは妥協を覚えたほうがいいんじゃないかな」

「妥協しないから今の自分があるんですよ」

「それ一人前が言うことよ」

「知ってますよ」

岩内はかつ丼を一気にかきこんで、口を動かしながら話す。

「世の中なんて、理想からほど遠いじゃない。百点満点で言えば、三十点とか四十点くらいのもの。でも、現代ではそれが精一杯なんだよね。どこかに行くのにどこでもドアでもあれば理想的だけど、まだ発明されていないでしょう。だから、仕方なく時間をかけて車や飛行機に乗って移動するしかない」

「岩内さんは車や飛行機を妥協だと思ってたんですか」

黒河は呆れ気味に言ったが、岩内は真剣だった。

「だって、どこでもドアなら一瞬なのに」

「そうですけど」

「理想的な社会システムもまだ発明されていなくて、現代人は四十点の社会で仕方ないと思うしかないのよね」

「だから、不正をしている人がいても仕方がないと」

「そういうものよ。なぜなら、世の中のルールがまだ未熟だから。人を騙してお金を稼いで逃げおおせている人もいるし、人を傷つけて平然としている人もいる。全員に罰が与えられることなんて、まずないよ。それを気にしていたらやっていけないって」

岩内の頭には自身の炎上や中傷の件が浮かんでいるのであろうと、黒河は気がついていた。岩内に悪意ある言葉をぶつけた学生たちの多くが昨年度のうちに卒業し、何事もなかったかのように企業に就職をした。

「岩内さんは諦めているんですね」

「諦めたわけじゃない。色々なことがおもしろくなくなっただけ。四十点の人たちに囲まれてそのなかで何かをするよりも、ここで一人で楽しいことを探したほうがずっといいって気がついたの」

「そうやって妥協するんですか」

黒河は挑発するつもりで言ったが、岩内はそれを鼻で笑った。

「クロ、それは逆なんだよ。私は妥協しないことにしたんだ。だって、どこでもドアもないのにどこかに行くなんて馬鹿げているでしょう。妥協して飛行機になんて乗らないんだ」

岩内らしい言い草だと黒河はつい笑ってしまう。

「人には妥協を覚えろと言ったくせに」

「クロにはいるよ。私にはいらないってだけ」

岩内にはなんらかの信念があってここにひきこもっているのだと、黒河にもわかっていた。けれど、岩内がいつまでもここに居座るということが、とても寂しいことのように黒河には思えてしまう。

「でも、そうやってひねくれてずっとここにいて、一日中ゲームばっかりやって、それで岩内さんは幸せなんですか？」

岩内は呆れ顔で、黒河の額を指で小突いた。

「クロはさ、その質問の答えを自分で勝手に決めているくせに、わざわざ聞いたんだよね。こいつ幸せじゃなさそうって思いながら聞いたのでしょう。そういうのむかつくよね」

「ただの確認ですから」

かつ丼を食べ終わった岩内は、伸びをして壁にもたれかかった。

「クロは幸せってどんなものだと思うのよ」

黒河はあまり悩まずにその問いに答える。

「好きな人と結婚したり、子供ができたり、お金に余裕があったり、望んだ仕事をしたり、趣味を満喫したり、そういう生活じゃないですかね」

「そのなかのどれひとつとしてクロは経験してないじゃない」

「決めつけないでくださいよ」

図星だったが反論はした。

「それってただ、他人がそういうのが幸せだって言ったことを鵜呑みにしているだけだよね。知りもしないくせに」

そんな詰め方をされたらぐうの音も出ず、黒河は肩をすくめた。

「まあ、確かにそうかもしれないですね。それじゃあ、岩内さんは幸せとはどんなものかを知っているんですか？」

黒河が尋ね返すと、その質問を待っていたかのように岩内が身を乗りだした。

「もちろん、私は人間が幸福を感じるメカニズムを理解しているから」

「ああ、また大きく出ましたね」

「幸福っていうのはつまり困難さなのよ」

岩内がとんでもないことを言いだすのはいつものことだった。黒河には少なからずそれを期待しているところもある。岩内の壮大でアクロバティックな論理は、破綻(はたん)や矛盾を孕(はら)みながらも独特の痛快さがあった。

「意味がわかりません」

「まあ、聞きなさい。まず、幸せっていうのは相対的なものなの。同じ事象が起きたとしても、対象の立ち位置によって幸福かどうかは変わる。食べていくのも苦しいような貧しい人にとっては、パンをお腹いっぱい食べるだけでも幸福を感じるでしょう。けど、裕福に暮らす人にとってはパンだけを満腹まで食べるなんて苦痛かもしれない。モテない人にとっては異性のアイドルと数秒間握手するだけで幸福かもしれない。働いてばかりの人にとっては、たまの休みに家で寝ているだけで幸福かもしれない。周囲から認められたことのない人には、ＳＮＳのいいねの数が幸福かもしれない」

岩内はそこまで一気に語ってから黒河を見た。

「それぞれの生活水準や経験によって、その出来事で幸せを感じるかどうかは変わるってことですよね。それはわかりますよ。映画やドラマの主人公が恵まれなかったり不遇だったりするのも、そのほうが鑑賞する側が幸福を意識しやすいからでしょうしね」

苦しい環境や経験との対比が喜びを大きく感じさせるものだとは、黒河も以前から思っていた。岩内の言うことに異論はない。

「そこで私は考えたのよ。なぜ幸福は相対的に感じるものなのだろうかと」

それがなぜかなんてことまでは黒河は考えたこともなかった。

「答えは出たんですか？」

「出たよ。それはね、人が慣れる生き物だからよ」

岩内は偉大な発見のように胸を張ったが、黒河はいぶかしむように目を細めた。

「なんか思っていたより浅いような……」

「浅いとか深いとかないから。今は幸福なことでもいずれは慣れるって単純なことよ。ほら、慣性の法則ってあるでしょう。電車やエレベータが一定の速度で動いているときには、乗っている人は揺れを感じない。加速したり、減速したりしたときにだけ揺れを感じるもの。幸福も同じでその変化や差に幸せを感じる。時速十キロでも百キロでも速度が一定だと何も感じないように、生活水準だって年収百万も一千万も一定なら何も感じない。年収が百万から二百万に増える変化に人は幸福を感じる。『豊かである』ことが幸せなんじゃなくて『豊かになる』って変化が幸せなの。それが幸福は相対的に感じるってこと」

電車と年収が同じとは黒河にはとうてい思えなかった。

「年収が一千万もあれば、それが一定でも幸せを感じる気がしますけど」

「それはクロがそんなに豊かな生活送ってないからでしょう。クロからしたら相対的に幸福に見えるだけ。いずれ慣れるし、年収一億の人が年収一千万の暮らしを強いられたら不幸に感じるはずよ。高額な宝くじを当てた人が破産する確率が高いって言われているのも同じ。当たったときの幸福だった変化をいつまでも求めてしまうから破産する」

「でも、一定の生活水準でも幸せそうな人はいますよ」

「それは変化や差を作るのがうまい人でしょう。日々の生活の中に巧みに変化や違いを取りこんでいるから幸福に慣れにくい。だから、小さな違いがわかる人ほど幸せなのよ」

屁理屈のように思えたが、黒河はいったん岩内の理屈を呑みこむことにした。

「岩内さんの理屈で言うなら、幸福であり続けるには、豊かになり続けるしかないってことですかね」

「そうね。加速し続ければ速度を感じ続けられる。でも、速度が上がるほどさらに加速するのは難しくなっていく。すると今度は、人は他人とのあいだに変化や差を求めはじめる。ほかの電車と比べることでも、速度を感じられるでしょう。だから、お金のある人ほど他人と比べやすいものを好むようになる。相対的に幸せを感じられるから」

岩内の話は偏見に満ちていたが、腑に落ちるところもあった。映画に出てくるようなステレオタイプな金持ちは、他人と自分を比べることが好きだし、他人と比較しやすい高級品を身に着けている。

「夢のない話です」

「あのね、幸せになるっていうのは難しいことよ。だって、難しくないことには慣れてしまうじゃない」

「ああ、なるほど」

「幸福なことっていうのは困難な状態で安定するの」

「だから、幸福っていうのは困難さだと言ったんですか」

最初に言っていたのはそのことだったのかと思ったが、岩内は首を横に振った。

「いいえ、話の要点はここから」

「まだあるんですか」

黒河はげんなりとした顔をしたが岩内は気にした様子もなく自説を披露する。

「幸福が相対的で、かつ困難な状態で安定しているとしたら、人にとって幸福を測るすべは困難さしかなくなってしまうでしょう。それがどれだけ難しいかってことでしか、人は幸福さを測れない。他人と幸せを比べるのだって、難しさって物差しでしか比べられない」

「何を言っているのか、よくわからないです」

岩内の難解な理屈が続いて、頭も疲れはじめてきていた。

「人は難しいものをより幸せだと思うようになるってこと。手に入れるのが難しいものを持っているほうが幸せって」

「そうとは限らないと思いますけど」

「そうなのよ。クロもいずれわかる」

それはまるで大人が小さな子供を諭すようだった。

「その言い方はずるくないですかね」

「議論をしているわけじゃないもの」

「講義を聞いてるつもりでもないんですけど」

岩内は机を指でこつんと叩いた。

「これは行動経済学の講義よ。社会に出て金を稼ぎたいなら、よく考えなさい。難しいパズルに挑戦するのも、険しい山を登るのも、その困難さの向こうに人は幸福を見ている。幸福を測る尺度が困難さしかないゆえに、ただ困難であるだけのものにも人は幸福を感じてしまう」

いつの間にか岩内の口調は真剣なものに変わっていた。

「幸福を錯覚するってことですか」

「幸福は感じるものよ。幸福を感じたのならそれはもう錯覚ではないでしょう。幸福とは困難なものであり、同時に困難さが人に幸福を与える」

大真面目な顔で岩内は言う。

「だから、別に部屋から出ずともそれなりに難しいゲームでもしていれば人は幸福になれるのよ」

二年生のあいだずっと、岩内の話し相手をつとめた黒河はあるひとつのことに気がついた。それは、もしかしたら自分が通うことで岩内のひきこもりを助長してしまっているのではないか、ということだ。黒河が訪ねてくるから岩内は寂しさを感じないし、黒河に自分の考えを披露することで自己を肯定してしまっているように見える。このまま黒河が通い続けたところで、きっと岩内がこのサークル棟を出てくることはない。

「岩内さんは賢い馬鹿ですよね」

本当に幸せな人間は幸福のメカニズムがどうなっているかなんて考えもしないだろう。幸福が何かなんてことをそこまで考えこんでいる時点で、その人が幸せでないことなど明らかだ。

「それは褒め言葉かな」

黒河は三年生に進級したところで、岩内に会いにいくことをやめると決めた。

15 ありがとうゼロの男

黒河和永が研究室に入ると、いきなり塩瀬教授にスマホのカメラを向けられた。黒河は顔をしかめたが、塩瀬はスマホをかまえてデスクでにこにこと笑っている。

「呼びだしておいて、なんですか」

黒河がカメラをさえぎるように手を出すと、塩瀬はやっとスマホを下ろした。

「黒河君はさすがですね。ありがとうがゼロですか」

塩瀬はとても愉快そうに話すが、黒河には意味がわからなかった。

「教授は何を言っているんですか?」

「そうか、君は知らないのですか。流行りにはうとそうですものね」

別に流行りなど知らなくてもかまわないとふだんの黒河は思っているが、五十八歳の学者に流行りにうといと言われるのには少し傷ついた。

「流行っているんですか、そのありがとうってやつ」

「私も先日教えてもらったばかりですがね。これは親切メーターというアプリで、目の前の人がどれくらい親切な人かわかるって話題らしいんです。親切にしてくれた人にカメラを向けてありがとうをタップすると、感謝された回数が加算される。よく感謝される親切な人ほど頭上に表示される数字が大きいって仕組みのようです」

確かに流行りそうなコンテンツだなと黒河は感心しつつも、教授の最初のひと言が引っかかった。

「俺はゼロですか」

「まごうことなきゼロですね」

黒河は複雑な表情をして頭を搔いた。

「教授、コーヒーでも淹れましょうか？」

「よくないですよ、親切の押し売りは」

「でも、飲みますよね」

「そうですね。じゃあ、淹れてもらえますか」

黒河は手慣れた動きで戸棚から、カップを二つとコーヒーのドリップバッグを取りだした。塩瀬のゼミに入って二年半になる。塩瀬とのやり取りも、研究室での立ち居振る舞いも慣れたものだった。

「それで呼びだした要件はなんですか」

ポットでお湯を注ぎながら、黒河は会話を続ける。

「この親切メーターについてですよ。これの評価を真に受けすぎてしまう学生がいるようで、大学側に相談がいくつも来ているみたいなんです」

「まあ、気にする人は気にするでしょうね。でも、感謝された数くらいで気に病むこともないと思いますけど」

黒河はゼロと言われても、気になったのはそのときだけですぐにどうでもよくなった。

「ありがとうの数について悩んでいて、急に大学に来なくなった学生もいるようです」

黒河は事を軽く考えていたが、塩瀬は真剣な顔をしている。

「そんなにですか？」

「実はこのアプリは星をつけて評価する口コミサイトのように、ありがとうも五段階での評価に表示を切り替えることができるんですよ。つまり、人の親切さに五点満点で点数をつけられる」

黒河はコーヒーの入ったカップを塩瀬のデスクに置いた。

「それはまた酷な機能を作ったものですね」

店や商品のレビューでさえ荒れるというのに、人間に点数をつけるシステムなんて、まともな精神をしていれば作るのを避けることだろう。ＳＮＳよりもずっと人の心を蝕みそうだ。周囲の人が自分に点数をつけていると知ったら落ち着かないし、気に病む人がいるのも無理はない。

「そう思いますよね」

塩瀬はコーヒーに口をつけるとにこりと笑って黒河を見た。

「でも、それを俺に解決しろなんて言いませんよね。学生のメンタルケアはこのゼミの仕事ではないでしょう」

ポイントやサークルに関わる不正を摘発するのが塩瀬ゼミの仕事であって、落ちこんだ学生を励ますのは管轄外だ。それに今の黒河はそんなことにかまっている余裕もなかった。黒河は不満を露わにする。

「ところが、無関係ではなさそうなんですよね。ほかの大学の先生に聞いてみたところ、そんなアプリは流行っていないとのことでした。私が調べた限りでは、どうやら親切メーターはこの庭大でだけ流行しているようなんですよ」

庭大だけという狭さには黒河も不自然さを感じた。

「学内の誰かが意図的に流行らせたと教授はお考えなんですね」

「流行らせた目的は不明ですが、そう考えるのが自然でしょう」

「そうですね」

塩瀬の言うとおり目的がわからないと黒河も感じた。学生同士が点数をつけ合うようになったとして、ただ学内が殺伐(さつばつ)とした場所に変わるだけだ。メリットが思い浮かばない。たんなる愉快犯だろうか。

「それと、もうひとつ気になる報告がありまして。親切メーターの点数を商売材料にしているサークルがいくつか出ているようです。私がつかんだ情報によると『庭先留学』というサークルがそのひとつです。英会話のセミナーをおこなうサークルで、そのセミナーに参加すると親切メーターの点数が上がると噂になっているとか」

なるほどと黒河は感心した。セミナーの参加者同士で結束して高い点数をつけ合えば、手っ取り早く点数を上げられる。親切メーターの点数を上げたいと思う学生はポイントを払ってでもそのセミナーに参加したいと考えるだろう。

「それでしたらこのゼミの管轄ですね」

「ただ、証拠をつかむのが大変かもしれません。それにサークルの事業内容から逸脱していると断定するのも難しいところがあります」

点数をつけ合う集会を開いてポイントを集めていたら、それは事業内容からはずれた不正行為に当たる。しかし、実際に英会話のセミナーをおこなっていて、おまけとして点数が上がるだけの場合、摘発は難しい。

仮に英会話セミナーで参加者にお菓子を配っていて、それ目当てに参加者が集まっていたとしても、すぐに不正とは認めにくい。過去の摘発例からすると、お菓子と英会話のどちらに事業としての重きがあったかを明確に示す必要がある。現金で仕入れてきたお菓子をポイントで販売しているのがそのサークル活動の実態だったという証拠だ。そして最終的にはその証拠を元に教授たちのあいだで不正か否(いな)かが検討される。今回はそれがアプリの点数というとらえどころのないものなのが余計に難しい。

「そうですね。とりあえず誰かにセミナーに潜入してもらって、そのセミナー内での会話を証拠にできないか試してみます」

誰かと言いつつも黒河の頭には降町の顔が浮かんでいた。学内で顔や名前の知れ渡っている黒河は潜入には向かない。二年生で知り合いの少ない降町は適任だった。それに降町にポイントを稼がせる好機でもある。

ただ、近ごろの降町はやけに忙しそうにしているのが黒河は気になっていた。ポイントを稼ぐために『M2M』とかいう、あまりぱっとしないサークルに入ったようだ。自主性を持ってポイントを稼いでいるのはよいことではあるのだが、自分に何も相談がなかったことが黒河はおもしろくなかった。事前にひと言くらい相談してもいいものだろうと思う。わざわざ塩瀬ゼミに入れるように手をまわして、手柄をいくつもお膳立ててしてやっているというのにかわいげがない。自分の後ろをずっと付いてまわっていた高校のころの降町の姿が懐かしく思える。

「では黒河君、調査をお願いしますね」

「わかりました。しかし教授、何かひとつお忘れではないですか?」

黒河はデスクの上の、空になったカップを手に取った。

「そうでしたね。美味しいコーヒーをありがとう」

塩瀬に聞いた庭先留学というサークルの情報を集めるため、黒河は同じゼミの丸山に連絡を取って待ち合わせた。三限目の終わりに学食のテラスで待っていると、坊主頭の丸山が数分遅れでやってきた。短い挨拶だけ交わして、丸山は黒河の向かいに座る。

「塩瀬教授にまた何か頼まれたのか？」

「ああ、ずいぶんと厄介そうなのを」

ため息交じりに話す黒河とは対照的に丸山は楽しそうに笑った。

「それはおもしろそうだな」

丸山はすでに大企業への内定が決まっていて、あとは塩瀬ゼミの単位を取れば卒業も決まる。時間を持てあましている分、ゼミの仕事に楽しさを見いだしているようだ。

「親切メーターって知っているか？」

「当然だ。知らなかったのは黒河くらいだろう」

丸山の言い方に黒河は驚いた顔を見せた。

「なんで俺が知らなかったって思うんだ」

「ありがとうがまだゼロらしいじゃないか。知ってたらさすがにゼロは気にするだろ」

丸山は無神経に笑う。

「いつの間に俺の点を確認したんだよ」

「俺の友達の佐々木(ささき)ってやつが親切メーターにどっぷりとはまっててさ。あの番犬の黒河和永はありがとうゼロなんだって、なんでかうれしそうに教えてくれたよ」

いつアプリで見られていたのか、黒河は自分がカメラを向けられたことにも気がついてなかった。

「意外と見られてるものなんだな」

「今やキャンパス内の結構な人数がアカウント登録してるって話だよ。常に見られているってくらいの気持ちじゃないと点数は上がらないぞ」

「いや、別に点数を上げる気はない」

ゼロと言われてもあまり気にしてはいなかった。

「さすが嫌われ者は違うな」

点数は気にしていないが、面と向かって嫌われ者だと言われるのは気持ちのいいことではない。

「自分の点を上げる気はないが、おまえの点数を下げたい気分だよ」

「その冗談、はまってるやつに言ったら刺されかねないからな」

丸山は真面目な注意をする口調だった。

「そんなにか」

「佐々木は点数で周囲の人間の態度が変わるって信じてたよ。点数が高いだけでまわりからの見られ方が違うって」

「にわかには信じられないな」

黒河は半信半疑だったが、丸山はそれなりに信憑性(しんぴょうせい)のある話だと思っているようだった。

「少なくとも、サードアイ着けてるとまわりの態度が一変するっていうのは本当だな」

意外な単語が丸山の口から発せられて黒河は首を傾げた。

「サードアイって、時岡の新しい研究のやつか」

時岡が装着式のカメラを携帯端末と同期させることで端末の利便性を上げる研究の学内実験をしていることは黒河も把握している。十一月一日から二か月間も実施される予定で、実験の概要にも目を通したし、時岡らしい発想だと黒河は感心していた。実際にそれらしい眼鏡をかけている学生をよく見かける。

「それは知っているのか」

「当たり前だ。だが、サードアイがなんで態度が変わることにつながるのかわからん」

利便性が上がるのは理解できるが、周囲の態度を変える効果に想像がつかない。

「あの実験に進んで参加してサードアイを着けているやつは、ほとんどが親切メーターやっているやつだってことだよ。サードアイがあれば、わざわざスマホのカメラを相手に向けずに点数を確認したり、採点したりできるだろう。だから、サードアイ目当てに自ら望んで実験に参加するんだ。で、そういうやつに親切にしたらいい点数をつけてくれるし、冷たくあしらえば低い点数をつけられてしまう。みんながそれを知っているから、サードアイを着けてる人にはおのずと優しくなる」

「なるほどな。審査員の名札を着けて歩いているようなものってことか。それはちやほやもされる」

　サードアイを着けるだけで、点数を気にしている人間にとっては無下(むげ)に扱えない存在になるということだ。

「言いえて妙だな」

「みんな打算的なものだ」

　点数ごときでと黒河は最初は軽く考えていたが、思っていた以上に影響力のあるものなのかもしれないと感じてきていた。

「俺個人としては親切メーターのおかげでこの大学内が過ごしやすくなった気もするんだよ。たとえ打算的だとしても親切にされることが増えたと感じるし、嫌な思いをさせられることも減ったと思う。この前なんて廊下で肩がぶつかっただけで、ものすごい丁寧に謝られたよ。サードアイなんて着けてなくてもな」

「タイムマシンが設置されて治安がよくなったのと同じか。見られている、評価されている、って状況が人を人格者にするんだろうな」

「社会全体として見れば悪くないシステムだよ。ただ、佐々木を見ているとちょっと不安にもなる。点数について思い詰めすぎているというか」

丸山はテーブルに視線を落とした。心配する気持ちはわかるが、黒河にはその助けになることはできない。

「悪いんだが、その佐々木ってやつに庭先留学って英会話サークルについて詳しい話を知らないか聞いてくれないか？」

黒河の不躾な頼みに、丸山は苦笑いした。

「それが今回の標的ってことか」

「俺たちの仕事は親切メーターをどうにかすることじゃない。ポイントを不正に稼ぐサークルを摘発することだ」

黒河が冷たく言うと、丸山は顔を歪めて後頭部を掻いた。

「知ってるよ、そんなことは」

16　想像力

丸山は佐々木から庭先留学の情報をうまく引きだしてきた。前回のセミナーが開かれていたという教室と時間がわかったのが大きかった。庭大タイムトラベルで当時の映像を確認したところ、参加者が一人ずつ壇上に立って、ほかの全員がその人にスマホのカメラを向けるという異様な光景が映っていた。ただ、これだけではまだ不正の証拠としては不十分だ。英語で一人ずつ発表しているのを、全員がカメラで撮影しているだけかもしれない。確固たる不正の証拠を得るには、実際にセミナーに参加してその音声を録音してくる必要があった。英会話のセミナーなどおこなわれておらず、点数のやり取りだけがおこなわれていたという証拠があれば不正行為として十分に摘発ができる。

次にセミナーが実施される予定の日付と場所も丸山が調べあげてくれた。当日までに用意を済ませて、予定どおり潜入は降町に任せることにした。

黒河はセミナーが始まるよりもずいぶん前に降町に急いで来るように連絡をしたが、

降町が現場に着いたのはセミナーが始まる十分前だった。

「遅いぞ」

黒河は苛立ちを露わに降町を睨んでいた。駆け足で到着した降町は一瞬黒河を見てすぐに視線をそらした。

「すみません。でも、俺もサークルが忙しいタイミングで……」

「あのな、ゼミの単位が取れなければポイントだけ集めても卒業できないんだ。卒業する気があるなら、ゼミに貢献することをちゃんと考えろ」

降町の言い訳をさえぎって黒河は強い口調で叱責する。

「わかってますよ」

投げやりに降町が返事をするので、黒河は余計に苛立ちを募らせる。しかし、説教をしているほどの時間もなかった。数分後にはセミナーが始まってしまう。

黒河は感情を抑えて、降町に手短に潜入計画を説明した。ひととおり説明したあとで、いちばん大切なことを降町に尋ねる。

「親切メーターのアカウント登録はしているか?」

「してますよ。庭大生のたしなみですから」

どこか誇らしげに降町は答えた。

「しているならいい」

黒河は録音機材を鞄に仕込んで、降町を庭先留学のセミナーへと送りだした。黒河にできることはそこまでで、あとは降町がうまく録音できることを願うだけだ。潜入した降町の帰りを待っているあいだ、黒河はかわいげがあったころの降町のことを思い返していた。当時も生意気だったが、こんなに黒河を苛立たせたりはしなかった。

高校三年の秋ごろに、降町から進路について聞かれたことがある。放課後、ほかの生徒が全員帰った三年の教室で、黒河と降町は何をするでもなく時間を持てあましていた。

「木津庭特殊商科大学ってとこを受験する。金の稼ぎ方を教えてくれる大学らしい」

黒河の答えに、降町の表情には明らかに失望が浮かんでいた。

「金の稼ぎ方ですか……」

意地汚いとでも言いたげだった。

「知っておいたほうがいいことだろう。どんな仕事をするにしろ」

「黒河さんは夢とかないんですか？」

降町は責めるような口調で言う。黒河はしばらく天井を見上げながら思案したが、何も浮かばなかった。

「思いつかない」

「俺もなんです。どうしたらいいのかわかんなくて」

降町は手を投げだして机に突っ伏した。

「おまえの実家、自営業だろ。店を継ぐって選択肢もあるだろ」

「ないですよ。黒河さんだって知っているでしょう。中古のカメラ屋ですよ。しかも、アナログのカメラ専門。先なんてないんですから」

否定しようかとも思ったが、否定する言葉は出てこなかった。

「まあ、そうかもな」

「黒河さんは刑事とか探偵とかになるんじゃないかって思ってました」

「どっちも金にならないだろ」

「でも、向いてると思いますよ」

担任の教師にも似たようなことを言われたのを思い出す。

「人を疑うのが得意だものな」

「それです、それ。うらやましいです」

「いいわけあるか。そのせいで敵ばかり作ってきたんだぞ」

黒河はこの高校で降町以外に親しい人間はいない。他人の嘘を敏感に勘づいてしまうからか、すぐに余計なことを言って嫌われるばかりだった。

「うちの親父が前に言ってたんです。お化けやＵＦＯを信じるのが想像力じゃなくて、疑うのが想像力だって。そういう空想を信じている人たちは自分たちのことを想像力のある人間だって思っているけど、それってほかの誰かが想像したものをただ信じただけの思考の停止にすぎないでしょう。他人の言うことを疑って、現実を疑って、常識を疑って、その先にあるのが本物の想像力だ、っていうのが親父の説です。だから、疑うのが得意だということは想像力があるってことですよ」

降町の父親の話は黒河の胸に深く響いた。

「ああ、なんかそれいいな」

「言った本人は、先見の明のない仕事をしてますけどね」

「カメラの可能性を信じちゃったんだな」

「しかも、他人の言うことも簡単に信じちゃう人なんです。どの口が言っているんだか。その点、疑り深い黒河さんは想像力を活かせる仕事をすべきですよ」

このときに降町に言われたことがいまだに黒河の支えになっている。一度、岩内にこの話をしたことがあるが、岩内は「中古カメラ屋の親父のファンになったよ」と笑っていた。

一時間半ほど経ったところで降町が庭先留学のセミナーから戻ってきた。降町の様子がおかしいのに黒河はすぐに気がついた。

「何かあったのか？」

降町は答えにくそうに黒河から目をそらす。

「それが、何もなかったんです。普通に英会話の講義がおこなわれていただけでした」

「そんなはずはないだろう」

佐々木からの情報だと確かに親切メーターの点数のやり取りだけをおこなっていたはずだ。黒河は降町からひったくるように鞄を取ると、録音データをその場ですぐに確認した。耳に着けたイヤホンから流れてくるのは確かに降町の言うように英会話の講義だけだ。親切メーターの名前すら出てこない。

「情報が間違ってたんでしょうか」

「わからん」

入手した情報が間違っていたというよりも、こちらの情報が漏れていたと考えるほうが自然かもしれない。黒河は着けていたイヤホンを地面に投げつけた。

「残念でしたね」

降町はしおらしい口調で言ったが、その口元はわずかに笑っているようだった。

英会話セミナーの潜入捜査に失敗した黒河は翌日、時岡のいる院生室を訪ねた。一年のときはウェブ広告サークルの失敗でたもとをわかったこともあり交流が途絶えていたが、黒河が三年になったころから再び二人で会って話すようになっていた。

黒河が部屋を訪れても、時岡は気にもせずパソコンに向かって作業に没頭していた。黒河が部屋に入ってきたことには気がついているようだが、黒河が挨拶をしても返事はない。黒河が近くにあった椅子に腰かけてしばらく待っていると、モニターを見たまま時岡が声を発した。

「黒河君、なんの用?」

「学内実験のことで頼みたいことがある」

時岡は黒河のほうを見もせず、頭を掻いた。

「忙しいんだ。頼みは聞けないよ」

時岡は元々、相手の顔を見て話をするような性格ではない。そっけない会話にも黒河は慣れていた。

「頼みを聞いてくれたら、忙しくなくなる」

黒河の言葉に反応して、時岡がキーボードを叩く音が強くなった。

「その頼みってもしかして実験を中止しろってことかな?」

声からもわずかな苛立ちを感じる。

「親切メーターのことは知っているだろう」

「もちろん把握はしているよ」

「親切メーターが学内でのトラブルの元になっている。サードアイと無関係ではないんだろう」

親切メーターが庭大だけで流行っているというのは、サードアイの影響によるものに違いない。そしてサードアイの普及にも、親切メーターが強く関与している。この二つを切り離して考えることはできない。流行したタイミングも都合がよすぎる。

「実験の被験者集めを下請けのサークルに投げたんだ。おそらくだけど、サードアイが普及するようにそこの子たちが勝手に考えてくれたんだと思う。やけに勘のよさそうな子たちだったから」

「時岡が指示したわけじゃないのか」

キーボードを叩き続けていた時岡の手がやっと止まった。

「発想はおもしろいと思う、サードアイの未来にはきっと起こりうることだ。評価を共有するということは、生活の利便性を上げる。それが人間自身の評価であってもね。実際に親切メーターの普及で、学内はよりモラルが求められる社会になったよ。それは悪いことじゃない。ただ、僕の好みではない」

「そう思うなら、止めてほしい」

黒河は時岡に向かって頭を下げた。しかし、それでも時岡は黒河に視線も向けない。

「それは黒河君のお人形遊びの邪魔だからかな？」

「そういう話じゃない」

「どちらにせよ、これは八重樫テックとの共同研究なんだ。そう簡単には止められないよ。どうせ、あと一か月で実験は終わるんだから急ぐこともないと思うけど」

実験の予定が二か月で、十二月末までなのは黒河も把握していた。しかし、今この時点で中断することに意味がある。

「つけられた点数に心を病む学生が出はじめている」

「その人が傷ついたのはつけられた点数が低いからじゃないよ。自分が思っていたよりも低いから傷ついたんだ。現実を知って、主観と客観との乖離に傷ついただけさ」

「そういう話をしているんじゃない。このまま続けると、学生たちのあいだでのサードアイへの嫌悪感が高まるぞ。勝手にカメラを向けられることにも強く反発する学生が必ず出てくる。そのときに非難されるのは親切メーターの存在でなく、おまえだよ。三賢人っていうわかりやすい象徴が非難の対象になる」

岩内が誹謗中傷のターゲットとなったときと同じだ。出席システムを利用していたのは教員陣だったが、岩内というわかりやすい象徴に攻撃は集中した。元々あまり好かれていない時岡など格好の的だろう。岩内のことを近くで見てきた黒河にとって、時岡までそうなる事態はどうあっても避けたかった。

「僕はその反発するところを見たいんだ。カメラが当たり前にある社会で、民衆はどんな反応をするのか。利便性がその反発を乗り越えることで、サードアイが社会に受け入れられるのか。それを確かめるための実験でもあるから」

そこまでいくと、学生を対象にした非人道的な実験に思える。

「それ、本気で言っているのか？」

黒河が真剣な顔で問い詰めると、時岡は笑って首を横に振った。

「まあ、最初はそのつもりだったんだけどね。山本教授には怒られたし、八重樫テックの人にもそこまでやるなら降りるって言われたから、そうなる前に中止する約束になっている。実験への反対の声が目立ちだしたらそこで終わり」

「それなら明日には声が目立ちだすはずだ」

黒河が脅すように言うと、時岡は肩をすくめた。

「いいよ、そんな裏工作に手間をかけなくても。黒河君の要求どおりに実験は中止する。それでいいよね」

「すまないな」

「ネットで叩かれたくはないし」

時岡は周囲の声など気にしていないような態度を取っているが、それは恐れているからこそ距離を取っているのだろうと黒河は考えていた。悪く言われたくないから、耳をふさいでいるようなもの。

「もう十分にデータは取れたんだろ？」

あっさりと時岡が引き下がったのは、すでに想定の結果を得ているからだろうと黒河は推測した。

「親切メーターのおかげで、想定の三倍は順調に進んだよ。みんながこぞってサードアイを使いたがってくれたからね。八重樫テックの人も喜んでた」

二か月の実験の予定を半分の期間でこなせるほどに、親切メーターの影響は大きかったようだ。

「それで、その下請けのサークルってなんて名前なんだ?」

黒河の問いにすぐに答えが出てこず、時岡は眉間にしわを寄せる。時岡は以前から物の名前や人の名前を覚えるのが苦手だった。黒河の名前も最初のうちはよく忘れられていた。

「えっと、なんだっけ、至上調査団とかだっけな」

「そこはもう潰れたサークルだ」

時岡の口から出そうにもない名前だった。不正取引ばかりやっていたろくでもないサークルだ。関わりがあったとは思えない。

「ああ、そうだ。途中で名前が変わったって言われて」

「変わった?」

その不可解な言い方に黒河は首を傾げる。サークルの名前が変更される例はあるが、最近はそんな申請があったとは聞いていない。それに不正を摘発されて潰れたサークルが名前を変更して仕事を受けるなど考えられない。

「そう確か、M2Mってとこだよ」

それを聞いて黒河ははっとして立ち上がった。降町が所属しているサークル名だ。大量にポイントを稼ぐ必要がある降町がなぜそんな活動実績の少ないサークルに参加したのか、不思議には思っていた。

「そういうことか」

長い息を漏らすと、時岡はやっと黒河に視線を向けた。

「なんだか納得した顔をしているね」

「疑り深い性格でよかったと再確認したんだよ」

17　損益分岐点の多難

降町が庭先留学の潜入捜査を終えて数理指南塾に戻ると、桜田が不安そうな顔で立ち上がった。

「おかえりなさい、降町さん。どうでした？」

降町は桜田に笑顔を見せる。

「ちゃんとごまかせたよ」

降町のそのひと言で桜田の大きな体が崩れ落ちるように椅子に収まった。

「よかったです」

黒河から呼びだされた降町は庭先留学の代表に急遽連絡を入れて今日は普通の英会話セミナーをおこなうように頼んでおいた。そのおかげで監査ゼミの調査を欺（あざむ）くことはできた。桜田はそれで安心したようだが、桜田の横に座る熊倉は不機嫌な顔で降町を睨んでいる。

「あの黒河さんもそれで納得したの？」

「わかんないよ、俺には。あの人が何を考えているかなんて」

降町は上着を脱いで熊倉の向かいの席に座る。ひと息つくと一気に疲れが押し寄せてきた。黒河は昔から勘の鋭い人だった。だからこそ、あの場で嘘をつくのにはかなりの神経を使った。怪しまれてはいないはずだと降町は自分に言い聞かせる。

「私はあんな不正サークルなんて、見捨てればよかったと思うけど」

「あそこのセミナーの参加者はサードアイのお得意様ばかりだよ。サークルの会員だけじゃなくて参加者まで不正取引で摘発されたら、せっかくの顧客が一度に失われてしまうだろう。それに、桜田さんだって」

庭先留学の存在を降町たちはだいぶ前から把握していた。親切メーターの点数を商売にしているサークルがあると。ただ、降町はそれをあまり危険視してはいなかった。そういったセミナーが開かれること自体が、親切メーターに依存している利用者が多数いるという表れだと考えていたからだ。

しかし、黒河から庭先留学を調査するという連絡があったときに、桜田がひどい動揺を見せた。降町と熊倉に隠れて庭先留学のセミナーに参加していたのだと、桜田からそこで告げられた。

「真由ちゃんが参加したのは一度だけでしょう。知らなかったと言い張ればなんとかなったかもしれないのに、降町くんは欲をかいて監査ゼミを敵にまわす真似なんかして」

熊倉の口調には棘があった。降町もそれに反応してつい意固地になってしまう。

「サードアイの需要がやっと高まってきたところで点数のやり取りをしていたサークルが摘発されたとなれば、親切メーターやサードアイの利用に二の足を踏む人も出てくる。今回のことは必要なリスクを取っただけだよ。俺たちの事業はここからが肝心なんだって」

険悪な二人のあいだに割って入るように桜田が声を上げた。

「やめてください。欲をかいたのは私です。もっと点数を高くしたいなんて思ってしまったから」

「真由ちゃんは悪くない。親切メーターの点数なんて忘れなよ。気にするほどのものじゃないから」

熊倉は慰めるように言ったが、桜田は視線を落とした。

「わかっています。こんなものは所詮アプリの点数なんだってこと。でも、実際にはそうは思えないんです。凛子さんみたいに綺麗な人にとっては些細なものでしょうけど、体が大きくて顔もいかつい私にはこの点数がとても大事なんです」

動揺する熊倉に桜田はあふれるように心情を吐露していく。

「頭上に高い点数が表示されていれば、私のこと怖い相手じゃないって初対面でもわかってもらえるじゃないですか。人は容姿じゃない、なんてみんな口では言いますけど、ほとんどの人は外見で態度が変わりますよ。でも、親切メーターをやっている人たちと接してみて、やっとそうじゃないって思えたんです。それって私の頭の上に私が親切だって書いてあったからですよね」

身長が高く体も大きい桜田が怖がられることが多かったというのは事実なのだろうと降町も思う。それから、親切メーターのおかげで人間関係が変わったと話すのも桜田だけではない。外見と違って内面は相手に伝わりにくい。親切メーターはその助けになっているのだと降町も考えていた。降町は桜田と同意見だったが、熊倉は大きく首を横に振った。

「真由ちゃん、この点数はそんな万能なものじゃないし、信頼できるものでもないよ。セミナーで高い点をつけ合えば本当に優しい人じゃなくても、高い点数を手に入れられる。お金を払えば高い点をつけてくれる人もいる。そもそも人間の内面なんて五段階評価で表せるものじゃないでしょう。これはその程度のものなの。そんなもののために、そこまで思い悩むことはないよ」

熊倉は肩に手を置いて桜田の顔を覗きこんだが、桜田はその手を振り払うように席を立った。

「それもわかっているんです。でも、人の態度はその程度のものに左右されるんですよ」

言葉に詰まった熊倉から逃げるように桜田は机の上のバッグを肩にかけた。罪悪感からか桜田の表情は歪んでいる。

「ごめんなさい。私、今日はもう帰ります」

熊倉の返事も待たずに、桜田は部室を飛びだしていってしまった。力強くドアを閉める音がして、室内が静まり返る。

残された熊倉は机に肘をついて、顔を覆った。

「だから、点数にするのなんて反対だったのに」

その恨み言は降町に向けられていた。

「ありがとうを加算するだけではうまくいかなかったときのために、念のため用意してもらったんだって言ったよね。で、実際に想定していたほどうまくいかなかったから点数式に切り替えた。点数にしなかったらまだサードアイの浸透に時間がかかってたよ」

「それは何度も聞いた」

熊倉とこのやり取りをするのも何度目かになる。

点数式に切り替えるときにも大いに揉めた。最終的に切り替えることに熊倉が同意したいちばんの要因が、人件費の高騰だった。十一月には文化祭があり多くのサークルが人手を必要としていたことに加え、以前から続いていた内貨のインフレが加速してきたことが影響して人件費が大きく値上がった。学内のリクルートサイトでの被験者募集に当初の想定以上のコストがかかったことにより、降町たちはかなり追い詰められていた。親切メーターの普及を急がなければ、いつまでも利益にはつながらない。最終的には熊倉も納得したうえでの決断だったはずだ。

点数式へと踏み切ったことで一気に親切メーターは学内で流行し、サードアイの需要も高まった。今ではポイントを支払ってでも実験に参加したいと求める学生でサードアイの争奪戦がおこなわれているほどだ。その決断は正しかったのだと降町は確信していた。

「やっとここまで来たんだ。親切メーターの制作にかかったコストも、被験者募集にかかった費用も回収できた。ここから先は利益が積み重なっていくだけだよ」

二か月間あるサードアイの実験期間のうち、半分の一か月でコストを回収できた。あと一か月もあれば、実験参加費で八百万ポイントは稼げる計算になっている。熊倉と二人で割ったとしても、卒業目標の四百万ポイントに届く。

「友達を傷つけてまでポイントを稼ぎたかったわけじゃない」

「よく言うよ。自分は時岡さんを罠に嵌めて稼ごうとしていたくせに」

「時岡融は私にとってよく知らない有名人だもの。友達じゃない」

熊倉の言っていることは最低だが、その気持ちは降町にも理解できた。人生が成功している遠くの他人なら傷つけてもいいように思えてしまう。

「親切メーターが流行っている現状を喜んでいる人もいるよ」

熊倉は気に入らないだろうが、桜田もその一人だと降町は考えていた。だから、熊倉に否定されて桜田は悲しんだのだ。

「点数を気にして、顔色をうかがいあうのが楽しいとは私には思えないけどね」

言い返す言葉がなかったわけではないが、これ以上の言い合いは不毛に思えた。せっかく卒業できそうだというときに、いがみ合ったりなどしたくなかった。降町は反発するのをやめて、熊倉をなだめることに徹した。ここからポイントを稼いでいけさえすれば、熊倉の不満も薄まっていくはずだと降町は考えていた。

しかしその翌日になって、状況は一変した。

昼すぎに時岡から届いたメールを見た降町は頭が真っ白になった。メールには学内でのサードアイ実験の中止と、サードアイの回収について書かれていた。M2Mへの報酬は当初の予定どおり二か月分を支払うと書かれていたが、降町たちはこれからサードアイで稼ぐつもりだったのだ。時岡からの報酬だけではとうてい予定の額には届かない。

しばらく呆然としていた降町は我に返って時岡に電話をかけたが、時岡からの返答は冷たかった。親切メーターへの苦情が無視できない段階に達したので、実験を終了することになったと端的に伝えられた。納得ができない降町は実験を続けてほしいと食い下がったが、「自業自得じゃないかな」と突き放すように告げられて通話は切られた。

熊倉の元にも同様の連絡がいっていたようで、数理指南塾の部室に入ると熊倉がソファでうなだれていた。降町が部室に入ってきても顔をあげない。

「これで熊倉さんの望んだとおりになったんじゃないの。サードアイの実験が中止なら、親切メーターを続ける意味もないでしょう」

ソファの前で降町が皮肉を言うと、熊倉は手に持っていたバッグを思い切り降町に投げつけた。バッグは降町の腰に当たって地面に落ちる。痛みはなかった。

「ここまでやっておいて、全然稼げないで終わるとか最悪でしょう。なんのために嫌な思いをしたり、させたりしてきたと思っているの。もうこっちは身を削っているの」

「わかってるって。でも幸いにもこの事業にかかった費用は回収できてる。それほど最悪ではなかったんじゃないかな」

損害を出して終わるよりもずっとましだったと気休めのように言うと、熊倉はソファから立ち上がって降町に詰め寄った。

「まさか、降町くんはここまできて諦める気じゃないよね」

自分勝手だなと降町は心の中で笑う。昨日まではあんなに文句ばかり言っていたくせに。でも、熊倉のそういうところが降町は嫌いではなかった。

「熊倉さん次第だよ」

「なら、私は諦めるなんて嫌」

熊倉は至近距離でまっすぐに降町の目を見ていた。

「時岡さんがサードアイを回収しても、サードアイの需要が消えるわけじゃない。需要があるのなら、そこで稼げないはずはないよ」

降町がはっきりと言い切ると、熊倉は力強く降町の肩を叩いた。

「そうだよね。まだ、ほんの少し予定がずれただけ。ここからどう稼ぐか、それを考えましょう」

熊倉は大股で歩いて勢いよくテーブルについた。降町も意気揚々とその正面に座る。前のときもそうだった。どうやってポイントを稼ぐか、それを二人で考えているときがいちばん楽しかった。そして、その感覚はきっと熊倉も同じなのだろうということが彼女の今の表情からうかがえる。想定外のトラブルが起きているというのに、事業が問題なく進行していたときよりもずっと楽しそうにしている。それがまた降町の胸を昂らせた。

「単純に考えれば、サードアイと似たものを調達してきて学内で売れば稼げるはずだよね。サードアイも所詮は小型のカメラとブルートゥースがついただけの眼鏡だよ。高度な技術が使われているわけじゃない」

調達するのがそこまで困難なものではないはずだと降町は考えた。

「調達できたとしても、学内で売るのは難しいよ。外貨で買ってきたものを、そのまま内貨で販売するのは換金行為に当たるとされているから。学内で販売できるのは自分たちで作ったものに限られているの」

「今みたいにレンタルにする？」

「それだと一か月で初期投資を回収できるとは思えないでしょう」

サードアイは機械を提供してもらえたから貸し出すだけで利益を出せたが、似たものを外で買ってきて貸し出すのでは費用を回収するのに時間がかかる。

「眼鏡とカメラを別々に買ってきて、くっつけたものを売れば換金じゃなくて創作物の販売とみなされるんじゃないかな」

学外で材料を買ってきて、作ったものをポイントで売っているサークルはいくつかある。絵画サークルも陶芸サークルもやっていることだ。

「大学に申請してみないとわからないところはあるけど、自作ＰＣの販売サークルは申請が通らなかったって聞いたことある。たんにパーツを組み合わせただけでは、創作物とは判断されないのかもしれない」

「バイクの塗装や改造を請け負っているサークルはあるよね」

降町のひと言に熊倉は大きく手を叩いた。

「そっか。眼鏡本体は利用者に持ちこんでもらって、それを改造するって事業なら申請も通るかもしれない。むしろ、それなら居抜きの物件もあるかも。たとえば古服のリメイクとかで申請が通っているサークルなら、眼鏡の改造もファッションアイテムのリメイクって言えば事業内容から逸脱はしていないはず」

熊倉の案に降町は大きくうなずいた。二人で話していると大学の規則の穴をつく手段が次々と思い浮かぶ。

「それならいけそうだよ。そうなると、いちばんの問題はブルートゥースつきの小型カメラの調達になるね。眼鏡に取りつけて違和感のないものとすると、かなり小さいものでないと駄目だと思う。それをどこから買ってくるのか、買ってくる資金はどうするのか」

「そうね。普通に売ってるものじゃなさそうだし、大量に仕入れるとなるとどこかのメーカーにコネでもないと。それから、仕入れにかなりの外貨が必要になるのに、収益は内貨になってしまうのも気になる」

「ほかのサークルはどこも外貨で材料を仕入れているの？」

もしそうだとしたら、どのサークルの会員も仕入れに自腹を切っていることになってしまう。現金で材料を買ってきても、利益がポイントにしかならないのなら、かかった経費はどう清算するのかが気になった。

「青池教授の物流ゼミってところが扱っている材料ならサークルはポイントで仕入れられるの。そこで仕入れれば経費を内貨で処理できる。けど、残念ながらそこに小型のカメラなんてない」

「かかった材料費は客に現金で請求して、改造の手数料は内貨で払ってもらうのはあり?」

「ありね。スマホの修理サークルはそうやってる。修理に必要なパーツを取り寄せたときはその分だけを外貨で払ってもらって、修理の技術料金を内貨で請求してたはず。でも、どちらにしろ大量の資金が必要なことには変わりない。どこかで外貨を借りることになるかも」

借金をするとなるとリスクが一気に大きくなる。それが熊倉も気がかりなのだろう。降町と同様に表情が曇っている。その後も二人はなんとか解決策を探そうと、いくつも案を出し合っていったが、なかなか光明が見いだせずにいた。疲れ切ってひと息つこうと立ち上がったところで、降町の頭に一人の人物が思い浮かんだ。

「ひとつだけ思い当たることが……」

ただ、その名前を出すのを降町はためらった。

「本当に?」

「いくつもの企業にコネがあって、たくさんの資金を持っていそうな人がいるかも」

降町の言い方で熊倉も同じ人物を頭に思い浮かべたようだった。

「……三賢人の渋谷大河ね」

18　渋谷大河

「でも、岩内さんに頼まれたっていう『渋谷大河と友達作戦』はあまりうまくいってないんでしょう」

　熊倉の口からその作戦名を聞いただけで降町の気が重くなった。

「あまり、じゃなくて、全然だよ。全然うまくいっていない」

　岩内は約束どおり親切メーターを作ってくれた。降町もそのときの約束に応えて渋谷と親しくならないといけないとは思っている。

　渋谷と親しくなるために岩内から与えられた作戦はシンプルだった。偶然を装ってとにかく渋谷と接触すること。何度も会っていれば次第に仲よくなるはずでしょうと、岩内は簡単に言った。偶然会うための手段まで岩内は提供してくれた。それが『渋谷シーカー』という岩内お手製のアプリだ。渋谷の体型やよく着る服装を記憶したAIが、庭大タイムトラベルの二千台のカメラ映像から渋谷の現在地を探しだす。庭大タイムトラベルでは人の顔がぼやけてわからないように加工されているが、渋谷シーカーは九割以上の精度で渋谷本人を特定してくれる。もしも渋谷の信奉者たちがこのアプリの存在を知ったなら、喉から手が出るほど欲しがるだろう。

降町はそれを使って何度か渋谷への接触を試みたが、結果は散々だった。見ず知らずの相手でも、話しかけられれば渋谷はさわやかな笑顔で応対してくれる。しかし、それだけだ。街中でファンに話しかけられた芸能人が温かく受け答えをするのと同程度で、そこから先へは踏みこめない。ふた言ほど言葉を交わしたところで、すぐにマネージャーのような男がやってきて、渋谷には時間がないからと言って降町を引きはがす。友達どころか、知り合いという段階にも進めない。常に初対面のファンの一人だ。そして後ろには本物の渋谷のファンたちが列をなしている。その中から特別に親しくなんてなれそうもない。

四度目の接触の時点ですでに降町の心は折れていた。

「一人でいるところに話しかければいいんじゃないの?」

「一人でいるときがないんだって」

渋谷の周囲には常に大勢の人がいる。そして彼らは本気で渋谷を崇拝しているように降町には見えた。渋谷がカリスマであることは間違いない。

降町はスマホを取りだして、渋谷シーカーを起動した。渋谷の周囲がいかに人であふれているかを熊倉に見せるためだった。しかし、渋谷シーカーが表示した映像は、本館の屋上にたった一人で仰向けに寝そべる男性の姿だった。顔はぼやけているが、渋谷本人のように降町には見えた。驚くことにまわりに人の姿はない。このアプリがこんな映像を映すのは初めてだった。

「今、一人でいるかも」

驚きで思わず口に出すと、熊倉が素早く反応した。

「チャンスじゃない!」

「いや、でも……」

言い訳をしようとする降町の口を、熊倉は指でふさいだ。

「友達にならなくてもいい。岩内さんとの約束を今は忘れていいから。急いで行って、小型カメラの調達と資金の援助について交渉してくるの。降町くんならできる」

熊倉にそんなふうに懇願されて断ることはできなかった。

「わかったよ」

降町は上着だけ羽織って数理指南塾の部室を飛び出した。

海を一望できる本館の屋上には渋谷本人がたった一人で寝転んでいた。降町が屋上の扉を開けて外に出ると、その音に反応して渋谷がこちらに首だけ向けた。

「こ、こんにちは」

目が合ってすぐは暗い顔に見えたが、渋谷はすぐに明るく笑った。それだけで降町は渋谷から目が離せなくなる。人を強く惹きつける笑顔だ。

渋谷は地面に寝そべったまま体を横に向けると、肘をついて頭だけ支えた。だらしない姿勢だが、渋谷がそうしていると涅槃(ねはん)の大仏のような高尚なものにさえ思える。

「ああ、君か。何度か会ったね」

「覚えていてくれたんですね」

そのことに降町は驚いた。前に会ったときまではまったく意識もされていないと感じていたからだ。

「最近、噂になっているのを聞いたんだ。時岡さんからサードアイの普及を請け負っているM2Mってサークルの降町君だろ」

「噂になってますか？」

自分のことが噂になっているとは降町自身知りもしなかった。

「少しね。それに優秀な学生の名前はすぐに僕の耳に入ってくるから」

渋谷から優秀と言われると、気持ちが落ち着かない。

「ありがとうございます」

「降町君は、ここへは偶然？」

「えっと、そうですね。渋谷さんはこんなところに一人で何を？」

降町が聞き返すと、渋谷は寝たままで体を伸ばす。

「一人になって考えたいことがあると、ときどきここに来るんだ」

「考えごとですか」

人気者は人気者で苦労もあるのだろうとは、他人事ながらに思う。

「うん、君は嘘をつく人についてどう思う?」

唐突な質問に戸惑いつつも、降町は素直に思っていることを答えることにした。

「嘘はついてはいけないものだと言う人もいますが、俺は嘘も手段のひとつだと思っています。有用でありながら、リスクも大きい道具のようなものだと」

降町は嘘をつくという行為にあまり抵抗はない。嘘をついたほうがうまくいく場面は確実にあると考えていた。ただし、嘘には大きなリスクが伴う。慎重に使わなければ余計に状況を悪化させてしまうことも多々ある。

「嘘は悪いことだと考えていないってこと?」

渋谷は意外そうな顔で降町を見た。

「道具に善悪はありませんよ。善悪があるのは目的です」

それは昔、黒河から教わったことだった。ナイフに善悪はない。果物を剝くために使うのか、人を傷つけるために使うのか、そこに善悪はある。ただし、それが危険なものであるということは意識しておかなくてはならないと。

「へえ」

「正しい目的のために、リスクを踏まえて使えば、嘘とは有用な選択肢になります」

ただ、それが万人に受け入れられる価値観でないことも降町は承知していた。素直に話してしまってから、渋谷の反応を恐る恐る待つ。

「そういう考え方もあるかもね」

と、渋谷は否定も肯定もしなかった。

「渋谷さんはどう考えているんですか？」

つい目の前にいる渋谷の考えが気になってしまう。

「僕には嘘がどういうものかはわからないよ。でも、ここで空を見ながら、他人に嘘をつかせない人っていうのはどういうものかと考えていたんだ」

それはいくつものサークルを運営し、多くの部下を抱える立場からの悩みだろうと降町はとらえた。

「高圧的な人だとか、尊敬できる人とかってことですかね」

「いや、それは逆だと思う。高圧的な上司ほど、嘘をついて逃れたくなるものだろう。仕事でミスをしても怒られたくなくて隠してしまう。それから尊敬できる人には、少しでもよく見られたくて自分を嘘で着飾ってしまう」

「ああ、なるほど」

怖いから嘘をついてでも隠す、それは降町にも経験のあることだった。相手からよく見られたくて見栄を張ってしまったことだって何度もある。

「たぶん信頼される人じゃないかと思うんだ。この人には本当のことを話しても大丈夫だって、嘘をつくよりも本当のことを話したほうがいいって、そう思わせてくれる人。尊敬よりも信頼を集める人。自分がそういう人間でありたいとも思う」

渋谷の考え方はすっと降町の胸に入りこんできた。

「そうかもしれませんね」

「けど、そういうたぐいの信頼を得るのがなかなか難しくてね」

渋谷の場合は憧れや期待はたくさん集めるのだろうが、信頼はまたそれらとは違うのかもしれない。渋谷に群がる学生たちは渋谷という偶像を崇拝していても、渋谷を信頼しているわけではない。渋谷自身がその差を感じているようだ。

渋谷の懐に入りこむいい機会かもしれないと、降町は抜け目なく考えた。

「渋谷さんって、噂で聞いていたよりも人間っぽいんですね。なんかそういうところを見ちゃうと俺は信頼できる人かもしれないって思いますよ」

降町は言葉を選びながら、渋谷のことを持ち上げた。渋谷は降町のそんな反応に満足そうにうなずくと、上半身を起こして胡坐(あぐら)をかいた。

「そっか。じゃあそれを踏まえたうえでもう一度聞くけど、ここへは偶然？」

その短い質問で降町の背筋に冷たいものが走った。この会話の流れでそれを聞くということは、降町の最初の答えが嘘であったと渋谷が確信しているからにほかならない。さわやかに笑ってはいるが、渋谷の視線は鋭く降町に突き刺さっている。

降町は唾を飲みこんでから、ゆっくりと口を開いた。

「庭大タイムトラベルで渋谷さんらしき人がここにいるのを見て、会いにきました」

降町はおずおずと渋谷の顔色をうかがうが、渋谷が腹を立てている様子はない。

「そうじゃないかと思った」

あっけらかんと渋谷は笑った。

「すみません」

「謝らなくていいよ。それよりも、わざわざ会いに来たってことは僕に用事があるってことだろう」

この人にこれ以上の嘘をつくべきではない。そう考えた降町は正直にすべてを打ち明けることにした。

「時岡さんがサードアイの実験の中止を決定しました。でも、学内はまだサードアイの需要が高まったままです。うちのサークルではこの機を逃さずに、自分たちでサードアイの販売ができないかと考えています。しかし、小型のカメラを調達するすべも、そのための資金も俺たちにはありません」

渋谷は真剣な顔で降町の話に耳を傾けてくれた。

「それで僕に協力してほしいと」

「そうです。渋谷さんなら小型のカメラを製造するメーカーともつながりがありますよね」

降町の頼みに渋谷は困ったように眉をひそめた。

「カメラの調達先に心当たりはあるけど、君たちに協力する利点がない。なぜなら、僕が自分のサークルで売ればいいからだよ。わざわざ君たちにカメラと資金を提供して、販売だけを委託する意味がない」

渋谷の言うことはもっともだ。だが、そう言われるであろうことは降町も予想していた。すかさず渋谷に反論する。

「うちのサークルに販売を任せる利点は二つあります。ひとつ目の利点は、サードアイの実験に参加していた顧客を把握していることです。俺たちは誰がサードアイを必要としているかを知っているし、彼らのあいだでもうちのサークルの存在は周知されています」

渋谷はわずかに驚いた顔を見せたが、すぐに笑顔に変わった。

「なるほど、二つ目は？」

「親切メーターを管理しているのはうちのサークルです。つまり、親切メーターと連動したブランディングをおこなえるという利点があります。親切メーター公式サードアイと銘打つこともできますし、あえて点数上位者だけへの販売とすることで商品価値を高めることもできます」

熊倉とも話していたことだが、サードアイの販売条件に親切メーターの点数を加える案があった。このサードアイを着けているということがそれだけで点数が一定以上であることの証明となるならば、それがブランド力になる。価格を上げても欲しがる人は出るだろうし、そもそもサードアイを欲する人の多くが点数上位者のはずだ。販売対象を絞ってもむしろ売り上げは上がるだろうと降町は考えていた。このアイデアは岩内の言っていた商品に難しさを与えるという言葉から思いついた。

降町の話を聞いて、渋谷は興味深そうにうなずいた。

「思っていたよりもずっと、君はお金の稼ぎ方を知っているみたいだね」

「これでも庭大生ですから」

夏までの降町なら思いつかなかったことばかりだろう。この二か月間で降町は多くのことを学んだ。今なら自分はこの庭大の学生なのだと胸を張って言える。

渋谷は満足そうに笑ってから、その場で立ち上がった。

「そこまで考えているなら小型のカメラを調達してきてもいいし、そのための資金も君たちに貸そう。でも、条件がある」

「条件、ですか」

渋谷は涼しげな笑顔で降町との距離を詰めた。

「今年度中、三月三十一日までに五百台のカメラを完売させること」

「五百台……、もし売れ残ったら」

庭大生はおよそ一万人、約四か月で学生の二十人に一人には売らないといけない計算になる。かなり苦しい数に思えた。


「もし売れ残って損失を出したとしても、その分は僕のほうで補塡しよう。でもその場合は、代わりに君たちから親切メーターをもらう。アプリの運営も権利もすべてを僕に譲渡してもらう」

つまりは親切メーターを担保に資金を借りるのと同じことだ。条件と言いつつ、まるで賭けの対価のようだ。そこで降町はわずかに返答に詰まった。この条件からわかることは、渋谷が親切メーターにそれなりの価値を感じているということだろう。むしろ親切メーターを手に入れることが主な目的で、あえて無理な条件を提示してきている可能性もある。


「こちらからも条件を足してもいいですか」

「どんな条件かな？」

降町の肩に力が入る。

「期限は二月十日までで結構です」

後期の成績が確定する日、そこが今年度の卒業のための単位を集めるタイムリミットだ。その時点で百二十八単位なければ卒業はできない。元々、降町にはそこまでしか時間が残されていなかった。

「その代わり、五百台を完売できた場合には渋谷さんに今年度で庭大を卒業してもらいたいんです」

岩内との約束を果たすにはここしかないと降町は強引に卒業を条件にねじこんだ。交換条件として間違っているのは降町も理解していた。渋谷にしてみればそれを承諾する意味がない。しかし、渋谷はけろりとした顔でその条件を受け入れた。

「それくらいのほうがおもしろいよね。完売できたなら僕は大学を卒業しよう。ただし、君にも同じリスクを負ってもらう。僕とは逆で降町君は今年度で卒業するつもりなんだろう。それなら、一台でもカメラが売れ残っていた場合は、仮に単位が集まっていたとしても君は今年度は卒業を辞退すること。これで条件は公平だろう」

なぜ降町が渋谷を卒業させたいのかという理由を聞くこともなかった。それどころか、今年度中に卒業したいという降町の内情さえも見抜いているようだった。まるで心のうちを読まれたかのような提案に降町は苦々しく笑った。賭けの対価に卒業を上乗せするのは自分から言いだしたことだ。これで公平だと言われれば、降町は素直にうなずくしかなかった。

「それでかまいません。よろしくお願いします」

それから五日して、渋谷からメールが届いた。そこにはカメラの調達先の目途が立ったこと、そして調達にかかる費用は一台二万円で合計一千万円になることが書かれていた。指でなぞって金額の桁を数える降町の手は小刻みに震えていた。

一千万、これからたった二か月で一千万円分を売り上げる。それだけの額の金が動くことに降町は興奮せずにいられなかった。

19　不誠実な罰

黒河は再び塩瀬に呼びだされて研究室へとやってきた。今度は丸山も一緒に呼びだされたようで、中に入るとすでに丸山が待っていた。黒河と目が合うと、丸山は小さく肩をすくめる。デスクには塩瀬が穏やかな笑みを浮かべて座っていた。

　黒河が丸山と並んでデスクの前に立つと、挨拶もそこそこに塩瀬は本題に入った。

「先日の教授会議で事業ポイントのインフレ対策が話し合われましてね」

インフレについては黒河も把握している。特に顕著なのが人件費で、去年の同じ時期に比べて二倍ほどの価格に上がっている。大学側もやっと重い腰を上げたようだ。

「予算を投入して、流通しているポイントの回収を図ることになりました」

学内で流通しているポイントの総量を減らせばインフレは確かに収まるだろうと黒河は同意する。しかし、回収するために大学が学生からポイントを買い取る行為は、規則で禁止している換金行為に相当してしまうだろう。大学が自らそれを破るわけにはいかないはずだ。

「どうやって回収するおつもりですか?」

「大学が学生を対象にあるものを売るつもりなんですけど、その前に黒河君にはひとつ聞いておいてほしい話があります」

黒河は首を傾げたが、丸山は平然としている。丸山はすでにその話を聞いているようだ。

「八重樫テックから大学に連絡がありました。うちの学生の渋谷君から、ブルートゥースを内蔵した超小型のカメラを五百台買うことを検討しているから見積もりが欲しい、と頼まれたらしいのです。かなりの金額になるが大学側は把握していることなのかと聞かれました」

「渋谷はサードアイを作る気ですか」

黒河がすかさず反応すると、塩瀬はゆっくりとうなずいた。

「そう考えるのが妥当でしょうね」

「それがインフレ対策に関係が？」

「この話を聞いた物流ゼミの青池教授が、サードアイの販売は大学が管理してそれをインフレ対策にすべきだと提案しました。要するに大学がサードアイを買ってきて、それを学生にポイントで販売するということです。そうすれば予算はかかりますが、その分流通しているポイントは減らせますから。それに今のサードアイの需要は確かに無視できないものがあります」

理屈はわかるが、黒河には良策とは思えなかった。

「渋谷もサードアイを売る気なら、競争することになりますよ」

「それがですね。青池教授は競争をさせないつもりなんです。競争相手がいれば価格は下がるし、売れ行きも見込みづらくなります。だから、大学側だけでサードアイの販売をおこなうことを主張されました」

「渋谷にサードアイの販売を禁じて、大学が需要を独占するということですか」

黒河は驚きの声を上げた。青池は大手商社の取締役だった経歴を持つやり手の元経営者だ。手段を選ばないところがあるのは知っていた。けれど、生粋の学者であり、規律を重んじる塩瀬がそれに同意したことが黒河には衝撃だった。

「そうなりますね」

「それは塩瀬教授のふだんの教えとは異なりますよね。正当な競争が経済には必要なのではなかったでしたっけ」

独占のような競争を妨げるものが塩瀬の最も嫌うものであったはずだ。しかし、黒河の指摘に塩瀬は動じる様子もない。

「経済をうまくまわすためには、ときに政府の介入が必要です。インフレを放置しておけば、より大きな混乱を招きます。これはその必要な介入に当たります」

詭弁だと思ったが、黒河はそれを口には出さなかった。

「どうするつもりですか？」

「渋谷君が仕入れた五百台の小型カメラは、大学で買いあげることにします」

塩瀬は相変わらず物柔らかに話を続ける。

「渋谷がいいと言いますかね」

買いあげると言うよりも、取りあげると言ったほうが正しいだろう。

「言わないでしょうし、それだと横取りしたようで大学の印象も悪いでしょう。そこで私にも考えがあります」

「考え、ですか」

塩瀬の柔らかな笑顔からはあまりいい予感がしない。

「サードアイの販売を試みているサークルを不正行為で摘発して、販売を妨害します。サークルが解散され、行き場の失った五百台のカメラを大学が救済措置として買いあげる、という形をとりましょう」

塩瀬の穏やかな口調から、上品とは言えない提案が出てくる。

「渋谷を強引に摘発するということですか」

塩瀬はゆっくりと首を横に振った。

「いいえ。渋谷君は非常に優秀な学生で今やこの大学の看板でもありますから、その名前に傷をつけるような真似はしません。実は丸山君に調べてもらったところ、実際にサードアイの販売をおこなおうとしているのは渋谷君とは無関係のサークルのようなんです。摘発するのはそちらのサークルです。五百台のカメラが渋谷君からそのサークルに渡ったところで、摘発してほしい。それが黒河君への今回の依頼です」

黒河がちらりと丸山の表情をうかがうと、丸山はそれに気づいて苦笑いをした。

「そのサークルは実際に不正をおこなっているのでしょうか」

それが重要な争点だった。規則に違反していないサークルでは、塩瀬の提案は成り立たない。

「巧妙に規則の穴をついているようですね。でも、彼らが誠実さに欠ける商売をおこなっていることは確かです。申請された事業内容から少しでもはずれている部分を見つけたら、前例のない事例でも摘発してかまいません。教授会議でそれを不正行為と断定します」

それはあまりにも強引なやり方に思えた。黒河は塩瀬に詰め寄るようにデスクに両手を置く。

「そこまでするんですか?」

「今回はいいんですよ。なぜなら、彼にはすでに言ってあるのですから。不誠実な商いにはしっかりと罰を与えると」

塩瀬の穏やかな仮面の下に、鋭い冷たさを黒河は感じた。

塩瀬の研究室を離れると、黒河は丸山を誰もいない空き教室に引きずりこんだ。

「丸山、おまえどこまで知っている?」

「塩瀬教授が言ってたサークルは、降町の所属するM2Mで、親切メーターもそこが管理しているってことなら」

それを聞いて、黒河は長いため息をついた。黒河もそこまではとっくに調べがついていた。しかし、後輩である降町の不誠実なおこないをわざわざ塩瀬に報告することもないかと黙っていた。

たぶん塩瀬も元から何か勘づいていたのだろう。だから、黒河ではなく丸山に調べるよう依頼した。黒河では降町をかばうかもしれないとわかっていたのだ。

「あいつを卒業させるまで塩瀬教授には気づかせたくなかったんだよ」

親切メーターのような人の心の弱みにつけこむようなアプリで稼ぐことを、塩瀬が嫌うことは明白だった。それは塩瀬の言う不誠実な商売そのものだ。口調は優しげだったが、塩瀬が降町に対してかなり腹を立てていることは間違いない。

「後輩思いなんだな」

丸山は他人事のように言う。

「俺を慕う後輩は貴重だから、そりゃな。でも、ここまでだ」

降町がゼミの単位を修得できるように黒河は色々と手をまわしてきたが、これで塩瀬から単位を得ることは絶望的になっただろう。どれだけポイントを集めても、ゼミの単位だけは買えないのだと厳しく言ってきたはずだったのに、降町はポイント集めに夢中になってそれを忘れてしまったようだ。塩瀬がよほどの心変わりをする以外は、降町が卒業できる見込みはない。

「かわいい後輩のサークルを摘発するのか？」

答えのわかり切ったことを丸山は意地悪く聞いてくる。

「そうするしかないだろ」

「悪い先輩だ」

丸山がにやにやと笑うのを、黒河は肩を小突いてやめさせる。

「俺の忠告にちゃんと耳を貸さなかったあいつが悪い」

「先輩の言うとおりにお行儀よくするだけなんて、この年頃ならみんなつまらないと思うさ」

おそらく降町は自分の思いついたアイデアを試してみたくなったのだろう。その衝動が簡単に抑えられるものではないことは黒河も知っていた。

「馬鹿だな」

降町がもう少し愚かだったならそんなアイデアは浮かばなかっただろうし、もう少し賢ければ黒河の言うことに従っていたはずだ。そう考えるとやるせなくなる。

黒河は近くの椅子を手に取って苛立ちをぶつけるように勢いよく座り、丸山もそれに向かいあうように座った。

「それにしても、大学側がポイントのインフレ対策に予算を投じるほどに積極的とはな」

丸山は不思議そうだが、黒河には当然のことに思えていた。

「大学はこの事業ポイントで儲けているからな。ポイントで学生を働かせて、大学の行事を運営しているだろう。それは気軽に札を刷って労働力を雇うようなものだ」

公共事業と呼ばれる大学から発注された業務は、大手サークルによる入札で受注が決まり、入札額のポイントから学生を雇って実行される。ポイントを好きに作りだせるこの庭大のシステムは、政府が造幣局を直接管理しているのと同じだ。

「ああ、確かに言われてみればそうか」

「だから、流通しすぎたポイントの回収に予算を投じたところでそう痛くはないんだよ。元々はポイントのおかげで浮いた金だ。それにインフレを放置して、事業ポイントの価値が下がると困るのは大学側だ」

事業ポイントとは学生を労働力にするための仕組みと言っても過言ではないと黒河

は考えていた。大学が生みだして流通させたポイントは学生同士でのやり取りを経て、最終的には学食の売り上げとして回収される。インフレはそのポイントの生産と回収のバランスが崩れたことで起こっている。

「よくできてるもんだ」

「まあ、そこから学ぶことも多い」

丸山は感心した顔で何度かうなずいたあと、本題を切りだした。

「それで、M2Mをどうやって摘発する?」

丸山はどうするか二人で相談するつもりのようだったが、すでに黒河の頭の中では考えがほぼ固まっていた。

「M2Mが大学から認可された事業内容は人を雇っての市場調査や調査のための実験だ。広く解釈できる内容だが、M2Mがやっていたことは実質的にはサードアイのレンタル業だろ。それを事業内容からの逸脱ととらえれば不正行為になる」

「でも、サードアイの実験自体は大学も認めていたものだろ。認可された実験で、実験の参加者から参加費を得ていた。それには正当性がある気がするがな」

丸山はM2Mの肩を持つようなことを言うが、黒河ははっきりとそれを否定する。

「でも、時岡から被験者を集めるための費用を受け取っていたんだ。それとは別に参加費を徴収するのはおかしいだろう」

親切メーターでサードアイの需要を高めたのには感心するが、ポイントの稼ぎ方は真っ当とは言い難い。

「まあ、確かにそうか」

丸山は顎をなでながらうなずいた。

「それに塩瀬教授も言っていただろ。少しでも事業内容からはずれていると見なせればそれでいいと」

教育者としては横暴すぎる気もするが、それだけ降町の稼ぎ方が塩瀬の腹に据えかねたということだろう。

「じゃあ、問題はいつ摘発するかってことか」

それに黒河はゆっくりとうなずいた。降町たちが渋谷から商品を受け取ってからじゃないと摘発する意味がない。先に摘発したのでは渋谷が取引から手を引いて終わりだ。カメラを取りあげることはできない。しかし、逆に摘発するのが遅すぎると、すでにカメラを売ってしまったあとの可能性もある。

「学内にカメラを運びこむところを押さえたい。それが確実だ」

どこかしらのタイミングで学内にカメラを持ちこむのは間違いない。だが、そのタイミングを予測するのが難しい。

「庭大タイムトラベルで降町のことを監視するか?」

「ずっと追いかけるのは難しいだろう。それに降町本人が商品を受け取るとも限らない」

丸山は頭を抱えて低く唸った。

「じゃあ、どうする？」

黒河は机に手をついてにやりと笑った。

「普通なら相手がどう出るかなんてわからない。でもな、これまでの降町の行動を考えれば、俺にはあいつが次に取るであろう手段くらい予想がつく」

「さすが付き合いの長い先輩だ」

「付き合いが長くても、降町のほうはまだ俺について知らないことがある。なんで俺がこの大学でこんなにも嫌われているのか、それをあいつにも思い知ってもらおうじゃないか」

降町には悪いが、おもしろいことになってきたと黒河はつい胸を躍らせてしまう。

20 密輪計画

渋谷が調達してくれたカメラが大学に送られてくるという二日前になって、悪い知らせが届いた。降町のスマホに届いたメールには「塩瀬ゼミの黒河さんがM2Mからサードアイの横取りを狙っているらしい」と書かれていた。メールの送り主は渋谷だ。信頼できない情報ではない。

なぜ黒河がそんなことをするのか。その疑問が降町の頭には真っ先に浮かんで、次に黒河が自分の敵にまわったのだということをゆっくりと理解した。

降町が青ざめた顔をしていると、熊倉が横からスマホを覗きこんできた。その文面を読んで熊倉も顔色を変える。

「これ、どういうことなの？」

責めるような熊倉の口調に、降町はぶんぶんと首を横に振った。

「わからないよ。でも、悪い知らせであることは確かだと思う」

黒河を敵にまわした人たちがどうなってきたのか、降町はよく知っていた。

「でしょうね。私もそう思う」

降町はそこではっと顔をあげた。ここが盗聴されているかもしれないという考えが頭をよぎった。降町は唇に人差し指を当てて、熊倉の顔を見た。首を傾げる熊倉に、降町は手元の紙に『盗聴されているかもしれない』と書いて見せた。鍵の掛かったサークルの部室であろうと黒河なら侵入して盗聴器を仕掛けるくらいやりかねないような気がした。熊倉は怪訝な顔をしていたが、黙ってうなずいた。

降町と熊倉は静かに部室から出ると、相談の場所を空き教室に移した。周囲の気配を気にしつつ、二人は小声で話す。

「黒河さんってそこまでする人？」

「手段を選ばない人だと思う」

実際に塩瀬ゼミの調査に盗聴器を使う場面を何度か見ていた。部屋に仕掛けるのではなく、鞄に仕込んで潜入するのが主な使い方だったが、警戒しておいて損はない。

「渋谷さんからの情報がなかったら危なかったね」

熊倉の言うように、渋谷からの情報のおかげで首の皮一枚でつながった気分だった。

「そうだね。黒河さんが何か仕掛けてくるってわかっているなら今からでも何か対策できるはず」

「カメラを取りあげるって、監査ゼミの権限でＭ２Ｍを摘発でもする気かな」

「たぶんそうだと思う。渋谷さんから荷物を受け取ったあとでM2Mを摘発すれば、俺たちからカメラを取りあげるのなんて簡単だから」

降町の発言を聞いて何か考えこんでいた熊倉の表情が突然青ざめた。熊倉は動揺した目で降町を見る。

「もしも、だよ。もしもそうなったら、一千万円は誰が払うの？」

熊倉のその質問に、降町も戦慄した。

「わからない」

渋谷との契約では商品の代金は売れた分だけ支払って、売れ残った分は渋谷に返品することになっていた。しかし、塩瀬ゼミに商品を取りあげられた場合は返品もできない。降町たちが費用の一千万円を丸々請求されることになるかもしれない。商品を失ったうえで、それはとうてい払える額ではない。

「絶対に渡せないよ」

「なら、M2Mは解散してもいいかもしれない」

「えっ、降町くんはここでやめる気？」

熊倉の声はわずかに怒気を孕んでいた。

「違うよ。M2Mってサークルはもう用済みってこと。実際にサードアイの販売をするのは『リスタイル』だから」

リスタイルは降町たちが新しく買い取ったサークルだ。元々は二年生が一人で古着のリメイクを請け負っていたサークルだったが、頼みこんで譲ってもらった。降町たちはそのサークルで眼鏡にカメラを取りつける依頼を請け負うつもりでいる。カメラが入荷するころにM2Mというサークルがすでになければ、いくら黒河でも摘発はできない。

「そっか、時岡さんの依頼が打ち切られた時点でM2Mは役目を終えていたんだね」

M2Mではたった一か月ほどしか活動してないのに、熊倉は名残惜しそうに言う。

「摘発されるリスクのあるサークルは早めに処理しておこう」

「サークルの解散申請がいるかな。やったことはないけど、すぐに受理されるわけじゃないみたい」

申請の受理にどれくらいかかるものかあとで確認しないといけないと降町はしっかりと頭に入れておく。

「どれくらいかかるにせよ、受理されるまで商品の受け取りを遅らせないといけないか」

ただ、遅らせれば遅らせるほど、商品を売れる期間は短くなる。五百台を完売させる期限は二月十日までと決まっている。

降町が頭を抱えていると、熊倉がいきなり笑いだした。

「降町くんは、庭大の聖夜祭って知ってる？」

突然違う話題が持ちだされて、降町は首を傾げた。

「去年、そういうのがあったのは知ってるけど、自分には縁のないものだと思ってバイトしてたよ」

聖夜祭は、クリスマスに庭大のキャンパス内でおこなわれる大きな祭りのことだ。多くのサークルが出店し、体育館ではダンスパーティなどがおこなわれるらしい。

「十一月にあった文化祭は大学公認の行事だけど、十二月の聖夜祭は大手サークルを中心として学生が自主的に開催している庭大の伝統行事なの。文化祭は学外の人にも開放しているけど、聖夜祭は庭大の学生たち自身が楽しむためのお祭り」

「伝統行事って庭大が設立されてまだ十年くらいしか……」

「十年やれば伝統よ」

降町の指摘を熊倉は素早くさえぎった。

「ああ、うん、そうだよね」

「十日後の十二月二十日に聖夜祭に使う資材の運搬があるみたい。一部の資材はすでに近くの倉庫に預けてあるとかって」

そこでやっと降町は熊倉の意図を理解した。

「ああ、なるほど。その倉庫の荷物にカメラも混ぜてしまえばいいってことか」

「到着を遅らせられるし、黒河さんにもばれることなく校内に持ちこめる」

学内に密かに商品を持ちこむことで、黒河にこちらの行動を察知されないというのは大きなアドバンテージになる。サークル解散までの時間も稼げる。

「さすが、熊倉さん」

「まだ褒めるのは早いから。実はこの聖夜祭を取り仕切っているのが『木津組』って言って、ふだんは大学から公共事業を請け負っている百人規模の巨大サークルなの。商品の密輸みたいな真似は、普通なら頼んだって受けてくれないようなお堅いサークル。でもね、真由ちゃんが言ってたんだけど、そこの代表がなんとこの前の庭先留学の英会話セミナーに参加していたみたい」

塩瀬ゼミの任務で降町が潜入したあの場にいたということだ。そうだとしたら、捜査を密告した降町に恩を感じていてもおかしくない。商品の密輸を頼むには絶好の相手だ。

降町は思わず身を乗りだした。

「ついてる」

これまでしてきたことが徐々につながってきている。降町にはそう感じられていた。やってきたことが無駄ではないと確かに思える。

「天が私たちに味方しているのかも」

熊倉もうれしそうに天井に手をかざした。

「でも、十日後となると、販売できる期間が一気に縮まるのが気になるね」

冬休みの期間を除くと一か月くらいしかないうえに、一月末からは後期の試験が始まってしまう。ただでさえ時間がないのに、この十日はかなりの痛手だった。

「それなんだけど、聖夜祭を私たちのサードアイのアピールの場に利用できないかな」

「ああ、なるほど」

十一月の文化祭のときにも親切メーターの新規アカウント数が跳ね上がった。大勢の学生が集まる行事は新商品のアピールの場に適している。

「親切メーターに絡めた出店か、もしくはサードアイのカメラを使ってキャンパス内で宝探しや謎解きをするイベントとか」

「それ、すごくおもしろそうだね」

きっと話題になるだろうし、装着式のカメラの有用性も伝わる。

「でしょう。それに合わせて私たちの新しいサードアイの宣伝をする」

「いけそうな気がしてきた」

熊倉と話しているとお互いに次々とアイデアが湧いてくる。降町はそれが楽しくて仕方がない。こうして考えてみると、親切メーターやサードアイはまだまだ流行っていく伸びしろが大きいように感じられる。世の中の価値観を塗り替えていくくらいのポテンシャルがその二つにはある。

「まだ十日あるし、じっくりイベントの詳細を詰めていきましょう。ただまずは、降町くんは真由ちゃんを通して木津組の代表に連絡を取ってみてくれる？」

「わかったよ」

相手を出し抜くことに関しては黒河よりも自分のほうが上手のはずだ。黒河の思いどおりにはさせないと、降町は意気揚々と席を立った。


二日後、降町と熊倉は数理指南塾の部室で聖夜祭のイベントの企画を進めていた。部室に盗聴器が仕掛けられているかどうかは、私立探偵サークルに頼んで確認した。結果としては何も見つからなかった。降町の杞憂ではあったが、黒河が何を仕掛けてくるのかわからなくなったとも言える。

木津組代表の金森は降町たちの急な頼みを喜んで引き受けてくれた。荷物を聖夜祭用の倉庫に運びこんでくれることも、聖夜祭でカメラを使った企画をやりたいということも、どちらも熱烈に歓迎してくれた。企画については木津組も協力してくれるという話だ。

渋谷には商品の送り先の変更を伝えてある。今日にも五百台の小型カメラは聖夜祭用の倉庫に運びこまれ、そこで保管されたまま聖夜祭の四日前には学内へと移される。

これで塩瀬ゼミの目を欺くことができる。

Ｍ２Ｍの解散申請も滞りなくおこなった。申請してから三、四日で受理されるということだ。明日にはＭ２Ｍというサークルはなくなる。物事は順調に進んでいる。しかし、降町にはひとつだけ気がかりなことがあった。たまたま桜田が部室にいないこの状況でどうしても確認しておきたいことだ。

「聖夜祭まで休む暇もなさそうだね」

降町が声をかけると、熊倉は忙しそうにキーボードを叩いていた手を止めた。

「降町くん、休みなんてあると思ってたの。サークルってのはブラックなのよ。有給休暇も保険も福利厚生もないから」

「いや、その熊倉さんは大丈夫か。ほら、聖夜祭前後に遊びにいったりとか」

「するわけないでしょう。この忙しいのに」

「ほら、でもクリスマスだし、誘われたりとか……」

降町が言い淀んでいると、熊倉はこれ見よがしにため息をついた。

「断ってるから」

熊倉の回答に降町はほっと胸をなでおろす。

「そうだよね」

「本題はそれ？」

熊倉は棘のある口調で聞いてきた。

「えっと、そうだけど」

「普通はそれを聞いたなら次に言うべきことがあるでしょう」

熊倉の言葉の意図がわからずに降町が腕組みして悩んでいると、部室の扉がノックされた。そのノックに降町は違和感を覚えた。

来客に心当たりがない。桜田であればノックはせずに開けるはずだ。あと思い当たるのは木津組の金森くらいしかいない。ただ、聖夜祭の企画の打ち合わせをする約束はまだ先のはず。降町はちらりと壁にかけられた時計を見た。渋谷から届いた荷物を倉庫に運びこむ作業が終わったころだ。わざわざ直接その報告に来たのだろうか。

降町は席を立って扉を開けたが、扉の向こう側に立っていたのは金森ではなかった。

降町はその顔を見て一瞬で体が強張る。

にやけ顔の黒河が、一歩距離を詰めて降町の肩に右手を置いた。

「降町、お金稼ぎごっこはここで終わりだよ」

21 掌の上

降町はゆっくりと唾を飲みこんだ。

「黒河さん、何しにここへ」

黒河は降町の横をすり抜けて部室に入ると、勝手にソファのど真ん中に腰かけた。

「何って知っているだろう。M2Mを摘発して、サードアイを取りあげにきたんだ」

足を開いて不敵に笑う黒河に降町は強気で立ち向かう。

「ここにサードアイはありませんよ」

「木津組の倉庫に隠してあるんだろ」

間髪を容れずに黒河は真実を言い当てた。降町が言葉に詰まる様子を、黒河はにやにやと笑って見ている。

「俺がサードアイを狙っているって、それを聞いたから慌てて隠したんだよな。それ、わざと情報を流したんだよ。俺が狙っているってわかれば、おまえはきっと大事な荷物を隠すと思ったから」

　降町の胸がきりきりと痛みだした。ちらりと熊倉の様子をうかがうと、視線は交差したが熊倉の口からは言葉が出ないようだった。

「なんで木津組って」

「庭先留学の英会話セミナーに木津組の金森が参加していたからだ。セミナーの参加者もその内容もとっくに把握している。でも、摘発せずに泳がせておいたのは、おまえがそれを利用しやすいようにだ。案の定、おまえは金森に接触した。先ほど、倉庫に荷物が運びこまれたのも確認済みだ」

「ずいぶんとまわりくどいやり方をしますね」

「理由はある。こちらにとっていちばん厄介なのは、渋谷から仕入れた商品をすぐに売られてしまうことだ。それを防ぐために、いったん商品を隠させることにした。これで五百台のカメラをそのまま取りあげられる」

「取りあげてどうするんですか」

　黒河は腕を組むと真面目な顔で降町を見た。

「青池教授がサードアイの販売を独占したいらしい。聖夜祭の資材と一緒に保管されているおまえたちの荷物は、物流ゼミが代わりに受け取ることにもう決まっている」

「教員が独占って……」

「だがな、この摘発のいちばんの原因はおまえたち自身にある。おまえたちはやり方がよくなかった。学生たちや教員陣から反感を買うやり方で金を稼いでしまったんだよ。だから、おもちゃを取りあげられるはめになった」

しばらく黙っていた熊倉がここで声を上げた。

「サークルを摘発する罪状はなんですか」

黒河は鬱陶しそうに熊倉に視線を向けた。

「M2Mは大学に申請した事業内容から逸脱するやり方でポイントを稼いだ。それが不正行為と見なされる。リスタイルって古着リメイクサークルも同じだ。サードアイの販売を試みた時点で不正と見なす」

「それも知って……」

熊倉は机にうなだれる。仮にM2Mが摘発されても、リスタイルでカメラを受け取れば黒河に取りあげられないと考えていたのだろう。

「全部調べはついている。おまえたちがしたことで、俺の予測の範囲を超えることはひとつもなかった」

黒河のその言い方は降町は下唇を噛んだ。熊倉と二人でいくつもの新しいアイデアを積み上げていたつもりだった。それが予測の範囲内だったと言われることは屈辱だった。

「黒河さんは、俺の卒業に協力してくれるんじゃなかったんですか」

黒河は心底呆れた顔をした。

「心外だな。協力はしただろ。俺の協力を無下にしたのは、降町、おまえだよ。すべて俺の言うとおりにしていれば卒業できただろうに」

黒河の言うことに従って塩瀬ゼミの調査をするのに楽しさはなかった。言われたことをただこなすだけ。本当に楽しかったのは熊倉と自分たちの考えでポイントを稼いでいたときのほうだ。

「俺にだって意思はありますよ。何もかも黒河さんの言いなりなんてできません」

「それなら俺に文句を言うな。おまえが選んでやったことなら、その責任を取るのもおまえだろう」

黒河のまっすぐな正論に、降町は何も反論が出なかった。降町が黙ってうつむくと、熊倉が椅子から立ち上がった。

「お金はどうなるんですか。カメラの仕入れに一千万円もかかっているんです」

熊倉の言葉で降町も大事なことを思い出した。卒業を逃すだけでなく、このままでは一千万円の借金を背負うことになるかもしれない。実家の家族が大変だというときに、自分まで借金なんて抱えたらどうなってしまうのか。

「それをどうするか、俺は知らない。塩瀬教授にでも聞くんだな」

黒河は冷たくあしらうだけだった。

そのまま降町が生きた心地のしない状態のまま、塩瀬ゼミによる強制捜査が始まった。黒河の合図で丸山たちが数理指南塾に立ち入ってくると、五人がかりで部屋にあるものを片っ端から調べはじめた。不正の証拠となるものを集めていくのだ。降町も何度もこうした場面に立ち会った。だが、まさか自分が捜査される側になるとはそのときは考えもしていなかった。

血の気のない表情で熊倉が捜査に立ち会うなか、降町は丸山に部室の外へと連れだされた。塩瀬教授が降町と二人で話がしたいと言っているらしい。降町は丸山に付き添われて塩瀬教授の研究室まで向かった。

研究室では、塩瀬が落ち着いた笑みでデスクに座って降町を待ち受けていた。

「まさかこういう形で君と再会することになるとは思いませんでしたよ」

柔らかな表情をしているが、目だけは鋭く降町のことを見据えている。降町は塩瀬のデスクの前に堂々と立った。

「俺は納得がいっていません。M2Mがやってきたことは本当に不正に当たるんですか。そんな前例はなかったと思いますが」

ここで踏みとどまるしかないと降町は強気で塩瀬に嚙みついた。ここでこの摘発は不当だと訴えるしか、残された道はない。

「前例がなくとも不正は不正です。事業の申請にサードアイの貸し出しという項目はなかったでしょう。けれど、君たちはそれでポイントを稼いだ。立派に事業申請からの逸脱という不正に当たりますよ」

「M2Mは実験の参加費を徴収していただけです。実験への参加を希望される方が多かったので」

「詭弁ですね。実際どう見えるかが大事です。それはこれから教授会議で正式に判断されますが、ほぼ間違いなく不正とされる見込みです」

塩瀬はまったく表情を変えない。

「これくらいの逸脱なら、やっているサークルはほかにもあるでしょう」

「ほかにやっている人がいるから不正を働いてもいいという理屈はありません。それに、親切メーターは君が考えたものですね」

一瞬否定しようかという考えが頭をよぎったが、ここで嘘をつくことは得策ではなさそうだ。

「……はい」

「私は消費者の心の弱いところにつけこんで稼ぐような不誠実な商売はすべきでないとはっきり君に伝えたはずです。それなのに君は人の性格に点数をつけて競わせるアプリを作り、それを利用してポイントを稼ぐことを考えた。誰だって自分自身に点数をつけられたら苦しいものですし、もっといい点数が欲しいと願うものです。人の心のいちばん弱いところを君は利用したんですよ」

「しかし、それでキャンパス内には親切なおこないが増えましたし、分別ある態度を取る人も増えました」

親切メーターはこの大学内によい影響を及ぼしたと、降町は確信していた。けれども、塩瀬は首を横に振った。

「そういう一面もあるかもしれませんね。でも、それで傷ついた人がいます。大勢が笑顔になったとしても、その陰で心に傷を負った人がいるのなら、そこに罪はありますよ」

塩瀬のその言葉が降町の胸に鋭く刺さる。サークル棟に何年もひきこもったままの岩内の顔が降町の脳裏に浮かんだ。それは反論できることではなかった。

「……はい」

降町がしおらしくうなずくと、塩瀬は満足そうな笑みを浮かべた。

「今回は救済措置として、君たちが仕入れたカメラはそのままの値段で大学側が買い取ることとします。額も額なので、これは特別な対応です。大学の課外授業で学生に多額の借金を負わせるわけにもいきませんから」

塩瀬の提案に降町の目にぱっと光が戻る。

「本当ですか！」

「でも、それだけですよ。不正を犯したほかの学生たちと同様に、君たちが持っている事業ポイントは没収します。ポイントで買った単位も同じです。それに、君が私のゼミでしてきたことに対する評価も取り下げます。君は私の信頼を裏切りましたから。今年度の卒業は諦めてください」

一千万円の借金はなくなったが、結局は振りだしだ。

「でも、俺に来年はないんです」

今年度卒業できないということは退学と変わらない。

「君はまだ商売というものを正しく学べていない。そんな学生をこの大学の卒業生と認めることはできません。たんなる金儲けと誠実な商売とはまったく違うものであり、この社会で必要とされるのは後者です。これは君の選択が招いた結果なんですよ。甘んじて受け入れてください」

悔しかった。自分が努力してきたことがここまで認められず、はっきりと否定されるのは苦しい。けれど、相手の言っていることのほうが正しいのもわかっていた。だからこそ、さらに悔しい。降町はその場で膝から崩れ落ちた。

「私の話はここまでです。降町君も今日はもう帰ってかまいません。教授会議の結果が決まり次第また連絡します。正式な通達はそのときにおこないます」

塩瀬は席を立って、降町にも部屋から出ていくように手で示した。

そこからどうやって自分のアパートまで戻ったのかあまり覚えていない。降町の頭の中にあったのは父や母や弟たちの顔ばかりだった。父は多額の借金を抱えて、店を閉める。借金で店や土地を取りあげられたら、家族の住む場所も失われる。弟たちの将来も気がかりだ。もう一年大学に通わせてほしいと言える状況ではない。

部屋の明かりもつけずに降町は一人で泣いた。一時は自分のやってきたことが無駄ではなかったと思えたのに、今では努力のすべてが無駄だったみたいだ。

少し落ち着いてきたところで、降町は母に電話をかけた。今年度で卒業できなくなったことを報告し、春からの就職をどうするか相談しなくてはいけないと冷静に考えられた。卒業できないと決まったのなら、もう年明けから地元に帰って働きだしたほうがいいくらいかもしれない。

息子からの電話に、母は明るい声で通話に出た。

「あんたから電話なんて珍しい」

母の声を聞くと胸がきつく締めつけられた。

「あのさ」

「何よ」

「大学、今年度で卒業できそうにないんだ」

降町は絞りだすようにそれを母に伝えた。

「ああ、そのこと」

今は怒られても、慰められても、ひどく惨めな気持ちになりそうだ。

「ごめん」

しかし、母から返ってきたのはそのどちらでもなかった。

「あのね、実はお父さんの借金はなんとかなりそうなのよ」

前回話したときにはどうしようもなさそうに卒業してくれと懇願していたのに、今の母はずいぶんとのんきに話す。突然なんとかなりそうと言われても、降町はすぐには気持ちの整理がつかない。安心よりも混乱が頭を占める。

「どういうこと？」

「この前あんたの大学の人が突然来て、大学で使うからお父さんの店のカメラを買いたいって言ってくれて、店の在庫を五百台も買っていってくれたの。大体一千万円分くらいかな。それで借金が全部なくなったわけじゃないけど、おかげで店を閉めてもなんとかなりそうでね。あんたがもう一年くらい大学通っても家は大丈夫だから」

降町は大学にもう一年通っていいということよりも、母の話の中に出てきた数字のほうがずっと気になってしまった。カメラが五百台で一千万円、それは何度も聞いた数字だった。そんなはずはないと思いながら、降町は母に聞き返す。

「それってフィルム式のアナログカメラだよね？」

「当たり前でしょう。お父さんの店にデジカメなんて置いてないじゃない」

降町の頭の中で様々な憶測が交錯するが、答えらしきものにはたどり着かない。

「買いに来たのって誰？」

「そう、あんたは知らなかったんだね。黒河って名乗ってたから、てっきりあんたがよく話してた先輩だと思ってたんだけど」

そこまで聞くと、また電話すると母に告げて降町は電話を切った。起きていることが理解しきれない。静かになった一人の部屋で降町は懸命に頭を働かせるが、いくら考えてもわからないことだらけだった。

22　人形劇

黒河がサークル棟の最上階に足を踏み入れるのは、一年と九か月ぶりになる。ここに近づくのはずっと避けていた。階段をのぼる足取りがやけに重たい。

最上階の廊下は真っ暗だった。日はすでに沈んでいる。しかし、サークル棟の中はずいぶんと騒がしかった。明日の聖夜祭に向けて、どのサークルもいまだに準備に追われているようだ。彼らにとって今夜は長い夜になることだろう。

黒河はいちばん奥の部屋へと向かう。二年生のときには週に何度も通った場所だ。廊下を歩くだけで当時の記憶が蘇(よみがえ)ってくる。奥の部屋の扉をノックしてしばらく待つと、岩内が扉を開けて顔を出した。前に会ったときよりもずいぶんと髪が伸びている。あれから一度も切っていないのかもしれない。岩内はかなり不機嫌そうに黒河を見ていた。黒河がここを訪ねるのは久しぶりだというのに驚いた顔もしていない。

「なんだよ、クロか。サンタクロースでも来たのかと思ったのに」

その言い草は変わらないなと、黒河は少しうれしくなった。

「プレゼントはないですけど、ケーキを持ってきましたよ」

黒河が右手に提げた箱を見ると、岩内はぽりぽりと頭を掻いた。

「仕方ない。入っていいよ」

岩内の部屋の中は以前よりも散らかっていた。床には物が散乱していて足の踏み場もない。黒河は足で物を掻き分けながら慎重に部屋に踏みこむ。部屋の真ん中にはコタツがあり、黒河は持ってきたケーキをその上に置いてから、自分が座るスペースを確保した。

コタツの上に置かれたパソコンのモニターには見慣れたゲームが映っている。二年前にも岩内がはまっていたゲームだ。

「まだこれやってるんですね」

「一度は飽きてたんだけど、再熱してきたから」

岩内は黒河の前にコーラの入ったグラスを置くと、自分はコタツに入りこんだ。

「岩内さんは変わらないですね」

黒河の言葉に岩内は不服そうに眉をひそめた。

「クロも、相変わらず違いのわからないやつだね。それで何しにきたの？」

黒河は出されたコーラに口をつける。冷たいが炭酸の少ないコーラだった。

「俺は今年度で卒業することにしました。その報告です」

「とっくに単位溜まってたくせに、いつまでいるつもりだったんだ」

「それは岩内さんもでしょう」

「私はここで暮らしているんだから、卒業なんかないんだって」

岩内は堂々と意味のわからないことを言う。

「その理屈はわかりませんけど、留年できるのは四年まででしょう。来年八年生になったら、無理にでも卒業させられますよ」

「そのときは教授の誰かに大学院生にしてもらうつもり。もしくは受験しなおすか」

「意地でも出ない気ですか」

「意地じゃない。必然よ」

「でも、俺は卒業しますよ」

岩内はそれを鼻で笑った。

「何を言っているんだか。私はあなたたちの事業が邪魔だったから、清々するくらい」

あなたたちと、岩内は複数形で言った。それが意味するところを黒河はすぐに理解した。

「気づいていたんですか」

「当たり前でしょう。誰があなたにこの大学での商売の仕方を教えたと思っているの。渋谷大河があなたの指示で動いていることくらいすぐにわかった。だって私がクロに教えたそのままのやり方で、渋谷が私の事業を潰していくんだもの」

渋谷は入学してから一年でいくつものサークルを立ち上げると、学内の主要産業を次々と牛耳っていった。ウェブ広告もリクルートサイトもレビューサイトもSNSも、元は岩内の作ったサークルの縄張りだったが、一年生の渋谷によって淘汰された。

ひきこもってやる気を失っていた岩内に対して、人望の厚い渋谷は大勢の部下を従えて事業をおこなっている。かけている労力が桁違いだ。どちらのサービスがより優れたものになるかは明白だった。

「クロが監査ゼミで潰したサークルから、有能な人材を渋谷が拾ってたって」

「たまたまですよ」

「嘘つき」

実際、優秀な学生を探してスカウトするのに塩瀬ゼミは最適な場所だった。黒河が調査という名目で腕のある技術者を見つけ、所属しているサークルを潰す。路頭に迷ったところを渋谷が誘い入れる。その繰り返しで渋谷の派閥は大きくなった。

「岩内さんを見ていて思ったんですよ。渋谷みたいな人間が俺には必要だって」

「クロなら一人でもできたでしょう」

黒河は大きく首を横に振った。

「俺や岩内さんみたいな嫌われ者は、成功しても敵を作るだけなんです。民衆っててものは成功している有名人は攻撃してもいいって考えているでしょう。隙を見せて攻撃する口実を与えれば、一斉に批判が飛んでくる。なぜなら、元々が嫌われ者だから」

だから、口実を与えてしまった岩内に誹謗中傷が飛び交った。しかし、同じことをしても非難されない人間もいる。成功していなければ、嫌われていなければ、嫉妬されていなければ、結果は違っていただろう。

「クロと同じくくりにされるのは心外だよ」

「同じですよ、岩内さんも俺も時岡も。他人から理解を得られず、嫉妬ばかり集める。だから、自分の代わりに矢面に立つ人間がいたほうがいいとわかったんですよ。そしてそれは万人から好かれる人気者ならなおいい」

元から好かれていれば、隙を見せても非難が集中することはない。それは渋谷が証明してくれた。この庭大で岩内以上の成功を収めているが、渋谷に対する中傷はほとんどない。

「なるほどね。渋谷はクロのスケープゴートってこと」

岩内は吐き捨てるように言う。

「あいつはたんなるお人形じゃないですよ。お互いに長所と短所を補い合っているんです。俺はすぐに敵を作るけど、金の稼ぎ方を知っている。渋谷はすぐに人から好かれるけど、稼ぎ方を知らない」

庭大に入学したばかりの渋谷と初めて会ったとき、黒河は衝撃を受けた。渋谷はどうすれば自分が他人から好かれるのかを知っている人間だったからだ。話す言葉から指先の動きひとつまで、好印象を与えるように意識して選んでいる。幼いころから子役として芸能事務所に所属し、競わされてきた経験がそうさせているのだろう。渋谷が人から好かれるのは天性のものではなく、後天的に身に着けた技術だった。そこが黒河は気に入った。

黒河が協力関係を持ちかけると、渋谷はすぐにその考えに賛同してくれた。黒河が事業計画を立て、渋谷が人を集めてきて実行する。その分担がうまくはまった。

「私はあなたたち二人とも嫌いだよ。私の事業ばっかり潰しやがって」

岩内が作ったものでいまだにまともに事業として成立しているのは単位取引所だけだ。それだけは大学公認のシステムでもあり椅子を奪うことはできなかった。

「収入源がなくなれば、さすがにお腹を空かしてサークル棟から出てくるかと思ったんですけどね」

「私だってたまに夜のキャンパスを散歩したり、体育館のシャワールーム使ったりしている。サークル棟は出てるから」

「胸張って言わないでください」

すでに三年近くそんな生活を送っているというのに、岩内からは悲壮感というものが見られない。それが黒河には悔しくもあった。

「で、そんなことのためにクロは事業ポイントをインフレさせたの？」

岩内は核心をつく指摘をした。

「岩内さんが持っているポイントが全部紙くずになれば今度こそ、ここから出てこざるをえなくなるでしょう」

岩内は四年生までのあいだに多額のポイントをためこんでいた。ひきこもって収入が減ったとしても、その貯蓄があるから簡単に部屋から出てこないのだろうと黒河は考えた。だから急速なインフレを故意に起こさせて、岩内が持っているポイントの価値を失わせることにした。通貨の価値が急激に下がれば、貯蓄など紙くずも同然だ。

インフレを起こさせる仕組みは単純だ。大学は公共事業を発注するために、ポイントを新たに生みだしている。つまり、通貨を刷って仕事を依頼しているのと同じだ。公共事業の価格が上昇していけば、通貨を刷る量は増えていき、学内で流通している通貨が増加する。流通している通貨が増えれば、当然その価値は下がる。だから、黒河は公共事業の価格上昇を企てた。

その方法も難しいことではない。人件費の相場が上がれば、人を雇う公共事業の受注価格も上がる。渋谷のサークルには、できるだけ高く学生を雇うように指示を出した。大学でいちばん規模の大きい渋谷の派閥が高い時給で大勢の学生を雇うと、ほかのサークルはなかなか人手を確保できなくなっていく。働くなら時給の高いところがいいと考えるのが普通だ。ほかのサークルも渋谷に追随するように時給を上げた。学内のリクルートサイトを渋谷が運営していたことも大きかっただろう。去年ぐらいから黒河の思惑どおりに人件費が上がっていき、必然的に公共事業の受注価格も上がり続けた。一度崩れたバランスはそう簡単に元には戻らない。インフレは徐々に加速していく。

教授たちの中では、大手サークルの談合を疑う声もあった。それは公共事業の価格上昇という結果しか見ていないから、そういう見当違いな疑惑が生まれるのだろう。リスクの高い談合などせずとも、人件費を上げれば公共事業の価格は勝手に上がる。

「そこまでするなんてずいぶんと執念深いよね。一年生のときにウェブ広告の事業で負けたのがそんなに悔しかったのかな」

岩内は黒河を煽ろうとするが、黒河は冷静だった。

「余裕ぶってますけど、岩内さんもインフレには焦ったんでしょう。だから、わざとマクロ経済学バブルを起こした」

岩内は早いうちに誰かが故意にインフレを起こそうとしていることに気づいたに違いない。おそらくは糸を引いているのが渋谷だということも。岩内がその対策としてこの部屋の中からできた唯一のことが、単位の高騰だったのだろう。急激な高騰に惑わされて、多くの四年生が卒業を逃した。その年の卒業生が減れば、来年度も在籍している学生の数が増える。学生数が増えれば、通貨の流通量が増えても相対的にインフレにはなりづらくなる。

岩内はその策によって貯蓄を大きく削ったが、インフレの進行を大幅に遅らせた。黒河の当初の想定では今ごろはとっくにハイパーインフレに突入しているはずだったのだ。ただ、岩内のしたことはたんなる問題の先延ばしにすぎない。おそらく時間さえ稼げば、大学側がインフレの危険性に気がついて対策に乗りだすことまで岩内は読んでいたのだろう。

「でもね、クロも知っているでしょう。大学はインフレ対策に一千万円の予算を投じることを決めた。これであなたが頑張って余分に流通させたポイントは回収されてインフレは止まる。残念だろうけど、私はここから出る必要もない」

岩内の時間稼ぎは実際に効果があった。

「青池教授に話を聞いたら、サードアイを横取りする案は岩内さんのアドバイスだと言っていました。サードアイならば確実に売り上げを見込めるから、大学も予算を大きく割くことができた。親切メーターを作ったときにこうなることまで考えていたんですか」

「それを作ったのがなんで私だと思うの？」

「アプリのUIを見た時点で誰が作ったかくらいわかりましたよ」

岩内の作ったものをそばで黒河はいくつも見てきた。わからないはずがない。

「クロの後輩くんには悪いけど、そうだよ。こうなると思ってた。塩瀬教授は親切メーターを嫌うだろうし、青池教授はサードアイに市場価値を見いだすだろうって」

「親切メーターが拡散していけば、いずれはサードアイを作った時岡か親切メーターを主導した降町のどちらかに批判が集まることもわかっていたでしょう」

「でも、そうなる前に塩瀬教授が止めたじゃない」

「俺が止めたんですよ」

黒河が強い口調で言うと、岩内は肩をすくめた。

「クロは色々と頑張ったんだね。でも、クロが卒業したら全部元どおりだよ。インフレは収まって、私は今までどおりここで暮らしていく。親切メーターも広がり続ける」

挑発的なもの言いの岩内に対して、黒河はにこりと余裕のある笑みを浮かべた。

「それは青池教授が降町たちから取りあげたカメラが売れたらの話でしょう」

「売れるって、間違いなく」

岩内がそう考えるのは当然だ。なぜなら、一昨日聖夜祭の資材と共に物流ゼミに届けられた荷物の中身を岩内はまだ知らないのだから。

「五百台のそのカメラが全部中古のアナログカメラだったとしても、ですか？」

岩内は最初はぽかんとした表情を浮かべて固まっていたが、意味を理解したのか数秒後に声を上げて笑いはじめた。岩内は黒河に向かって何か言おうとはするのだが言葉は出ず、お腹を押さえてまた息が苦しそうに笑う。黒河が岩内の笑い声を聞くのは久しぶりだった。

「う、嘘でしょ」

笑いすぎて息も絶え絶えの岩内がなんとか言葉を発した。

「本当ですよ。でも荷物の中身を知った今になって、教授たちはやっぱり今回の取引はなかったことにしたいとは言えないでしょうね。なぜなら、降町たちにはすでに罰が与えられているし、救済措置という名目でカメラを取りあげたんですから」

渋谷から降町が接触してこようと試みていると報告されたとき、黒河は協力してやるようにと指示を出していた。小型カメラの調達の件も最初は降町の希望どおりに用意するつもりだった。降町が卒業できるならそれでいいと。しかし、塩瀬の企みを聞いたあとで黒河はカメラを入れ替えることを思いついた。

M2Mに対する今回の措置についてはとっくに公表されていて、全庭大生の知るところになっている。取り消すには遅すぎるだろう。

「この失敗で大学はインフレ対策にさらに予算を投じることに及び腰になったでしょう。これでインフレは絶対に止まりませんよ。それを確信したから俺は卒業することにしたんです。三年の渋谷も今年度で一緒に卒業させます。岩内さんはどうしますか?」

インフレが続けばさすがの岩内も来年にはここに留まってはいられなくなるはずだ。サークル練から外に出なくてはならないときが必ず来る。

「力ずくで追いだそうなんて、『北風と太陽』の北風みたいなやり方ね」

「そうかもしれませんね。だったら、岩内さんも俺たちと一緒に……」

「嫌よ。卒業はしないって言ってるでしょう」

岩内はぴしゃりと黒河の誘いをさえぎった。

「強情ですね」

「私は旅人じゃないから。だいたい卒業なんかしてあなたたちはどうする気なの。前はやりたいことなんてないって言っていたじゃない。理不尽な馬鹿ばかりの社会に出るよりも、大学にでもいたほうがずっと楽しいに決まっているのに」

二年生になったばかりのころの黒河は自分のやりたいことがわからなかった。だが、黒河は岩内や渋谷に会ったことでひとつの目標ができた。

「起業しますよ。それに俺は、いずれは渋谷をこの国の総理大臣にするつもりです」

渋谷なら総理大臣だろうと夢ではないと、黒河は本気で考えていた。渋谷がやってきた議員ペディアもその他の事業も、すべてはそこにつながっている。資金を集め、渋谷の知名度を上げ、大企業や議員とのコネを作り、出馬に向かう。そのための起業でもある。

「そんなものになってどうするのよ」

岩内の口調は冷ややかだったが、黒河は穏やかに笑って岩内を見る。

「どこでもドアでも作ろうかと思って」

黒河の言葉に岩内はしばらく黙ったあと、心底呆れたような顔で長いため息をついた。

「それで総理大臣なのがわからない。クロは本当に馬鹿だね」

「確か馬鹿なほうが賢いんでしたっけ」

「誰が言ったのよ、そんな馬鹿なこと」

岩内はおもむろにコタツの上のケーキの箱を開けはじめた。

「どこでもドアがあったら外に出るんでしたよね」

「完成したらね」

チョコレートケーキを箱から取りだす岩内はやけに楽しそうに笑っていた。

23 後遺症

卒業式がおこなわれるなか、降町は一人で本館の屋上に座りこんで海を見ていた。今年の卒業者の名簿に降町の名前はない。それでも大学に来たのは、最後に黒河に挨拶をしておこうと思ったからだ。けれど、直前になって式典の会場から足が遠のいた。M2Mの摘発後、後期の試験だけ出席して単位は取れたが、それ以外で大学に来ることは極力避けていた。どんな顔をして知り合いに会えばいいのかわからないからだ。M2Mの事業の失敗で、降町に怒りや恨みを覚えている人もいるだろう。唯一幸運だったのは、庭大生用のネット掲示板や情報サイトでM2Mと降町の騒動が一時は取り沙汰されていたが、すぐに別の話題でかき消されたことだ。三年生の渋谷が今年度で卒業するといきなり宣言したことによって、学内の注目はあっさりと渋谷へと移り変わった。三賢人でいちばん手広く事業をおこなっていた渋谷がいなくなることで、来年度の庭大のサークル情勢は大きく変わるだろう。情報サイトのその記事によると、七年生の岩内は今年も留年を決めたらしい。

騒動が落ち着いたころに降町は一度だけ黒河に電話をかけた。来年も大学生活を続けられることになった報告と、そのことのお礼を言いたかった。しかし、黒河は礼を言われる筋合いはないととぼけていた。降町の実家のカメラ五百台を大学に買い取らせたのが黒河だということは間違いないのに、最後までそれを認めはしなかった。

代わりに黒河にはサークルをひとつ押しつけられた。動画コンテンツのランキングやレビューの掲載サイトの運営を事業としたサークルだ。自分はもう卒業するから、降町に跡を継いでほしいと黒河は言った。

「なんでこんな利益につながらないサークルを作ったんですか?」

不躾だとは思いつつも降町は疑問を素直に尋ねた。

「俺がこのサークルを作ったのは二年生の終わり、ちょうど今のおまえくらいのときだ。近い将来、今よりももっと動画サイトが乱立したときにテレビのリモコンのような役割を持つサービスが必要になると考えたんだよ。現状では大手の有料動画配信サイトが月額で利用者を囲いこむことに夢中だが、未来はもっと中小の動画プラットフォームがあふれかえるような気がした。そういうプラットフォーム同士をつなぐ存在があれば、大手サイトの柵に囲われた利用者たちも自由に泳ぎまわれるようになり、動画コンテンツはより活性化する」

黒河の話を降町はすぐに理解した。

「それって、インターネットの王者が検索エンジンだったのと同じことですね。サービス自体よりもそれをつなぐ連結部分のほうが力を持つ。だから、黒河さんはプラットフォームに縛られないランキングサイトで、動画コンテンツ全体のリモコンを作ることにしたと」

今すぐ利益にはつながらないだろうが、将来的に強い影響力を持つサービスになるかもしれない。当時の黒河はそれを見越していたのだろう。

「察しはいいな。けど、大学生がやるには少し理想が大きすぎた」

「やっぱり黒河さんは想像力豊かですね」

降町がそう言うと、黒河は電話口の向こうで愉快そうに笑った。

「思ったようにはいかなかったが、せっかく作ったんだ。来年も庭大にいるならおまえが引き継いでくれよ」

「まあ、やることないんでいいですけど」

M2Mもリスタイルも解散し、塩瀬ゼミからもはずされた降町は学外でバイトをするだけの生活へと戻っていた。人と関わらずにできるサークルの運営なら、あまった時間を潰すのにちょうどよかった。それに黒河の残したものを引き継いでいれば、どこかで黒河とつながっているような気分になれた。黒河の卒業式を見にいかなかったのもそれで十分だと思えたからかもしれない。

降町が何よりも怖かったのは、卒業式のような人の多い場所に行って万が一にも熊倉と顔を合わせてしまうことだ。M2Mの摘発で、熊倉も持っていた事業ポイントをすべて没収されたはずだ。数理指南塾で今まで稼いできた分もすべて失っただろう。そんな彼女に合わせる顔などない。

降町がそんなことを考えていたら、いきなり屋上の扉が開いて熊倉が現れた。熊倉は屋上に出るときょろきょろと周囲を見渡して、降町の姿にすぐに気がついた。降町は目が合ってぎょっとしたが逃げ場はなかった。熊倉はかなり不機嫌そうな顔をしていて、首からはなぜか古いカメラをぶら下げている。力強い大股で降町に近づいてきた。

「降町くん、偶然ね」

地面に座りこむ降町の前に立って、むすっとした顔のまま熊倉は言った。

「えっと、偶然？」

屋上に来た熊倉は明らかに人を探していたように見えた。

「たまたま岩内さんに聞いたらここにいるって教えてくれた」

降町は屋上に設置された監視カメラをちらりと見た。降町が渋谷を見つけたのと同じ方法を使ったのだろう。

「そっか、偶然でたまたまか」

「うん」

熊倉はうなずいただけで黙ってしまった。降町は熊倉が首から下げていたカメラに目がいく。父の店のショーケースで見たことのある型だった。

「そのニコンのカメラ、どうしたの？」

「青池教授に借りたの。中古カメラ屋の息子に使い方を聞こうと思って」

きっと父の店の商品だろうと気がついて苦笑いが浮かぶ。

「俺も使ったことないよ」

「え、うそ」

熊倉は信じられないものでも見るような顔をしていた。

「熊倉さんはなんでそんな古いの使いたいの？」

「使ってみないと売れるかわからないでしょう。青池教授が大学内でこれを五百台完売したら来年度のゼミの単位くれるって言うから」

降町が最初に思ったのは売れるわけないということだった。スマホなどのデジタルカメラが発展した時代に、若い大学生がアナログのカメラを欲しがるとは思えない。もしそれが簡単に売れるなら、降町の実家がお金に困ることなどなかっただろう。

「売れるのかな」

「他人事みたいに言わないで、どうやったら売れるのか考えてよ」

熊倉の言葉に降町はぽかんと首を傾げた。

「俺も考えるの？」

「当たり前でしょう。連帯責任よ。親切メーターのせいで私も大学内の印象最悪なんだからね」

「それはごめん」

降町が謝ると、熊倉は座ったままの降町の脛を軽く蹴った。

「黒河さんが卒業したら、庭大でいちばんの嫌われ者は私か降町くんのどっちかかもね。親切メーターアレルギーの人がすごく増えてきているから」

親切メーターアレルギーという単語に降町は思わず笑ってしまう。

「まさにスギ花粉と同じくらい嫌われたね」

「笑い事じゃないよ」

熊倉と笑いながら話していると、降町の頭にはすぐにおもしろそうなことが思い浮かぶ。

「でもさ、そういうアレルギーの人たちが増えているのは都合がいいと思う」

「どこが都合がいいっていうの」

「たとえばだよ。そのアレルギーの人たちがカメラで顔を認識されたくないってデモを起こしたら、大学内でデジタルカメラの使用が制限されたり禁止されたりするかもしれないよね。もしもそうなったらアナログのカメラが必要になるはず。卒業式で思い出を残すにも、ふだんの何気ない風景を撮影するにも、アナログカメラしかない」

親切メーターを嫌悪する学生たちの感情をうまく煽っていけば、大学の雰囲気をそういう状況に持ちこめるかもしれない。それによってデジタルカメラが使えなくなれば、アナログカメラの需要が生まれる。降町がそんなことを話すあいだ、熊倉はとても呆れた顔をしていた。

「降町くん、本当に懲りないね」

そこで降町はやっと自分の口元がにやけていたことに気がついた。

「やっぱりこういうのはよくないかな」

降町が恐る恐る熊倉の顔色をうかがうと、熊倉は首を横に振って満面の笑みを見せた。

「それ、お金の匂いがする」

刊行にあたり、第22回『このミステリーがすごい!』大賞文庫グランプリ
受賞作品「箱庭の小さき賢人たち」を改題のうえ、加筆修正しました。
この物語はフィクションです。作中に同一の名称があった場合でも、
実在する人物・団体等とは一切関係ありません。

第22回『このミステリーがすごい！』大賞（二〇二三年八月二十三日現在）

本大賞は、ミステリー&エンターテインメント作家の発掘・育成をめざす公募小説新人賞です。

『このミステリーがすごい！』を発行する宝島社が、新しい才能を発掘すべく企画しました。

【大賞】

ミイラの仮面（マスク）と欠けのある心臓（イブ）　白川尚史
※『ファラオの密室』として発刊

【文庫グランプリ】

溺れる星くず　遠藤遺書
※『推しの殺人』（筆名／遠藤かたる）として発刊

箱庭の小さき賢人たち　海底 明
※『卒業のための犯罪プラン』（筆名／浅瀬 明）として発刊

第22回の受賞作は右記に決定しました。大賞賞金は一二〇〇万円、文庫グランプリは二〇〇万円（均等に分配）です。

●最終候補作品
「ミイラの仮面と欠けのある心臓」白川尚史
「あなたの事件、高く売ります。」長瀬 遼
「溺れる星くず」遠藤遺書
「箱庭の小さき賢人たち」海底 明
「龍と熊の捜査線」新藤元気
「空港を遊泳する怪人の話」阿波野秀汰

〈解説〉
仮想通貨を使った学生たちのコン・ゲームの中で描かれる魅力的なキャラクターと多様な心理

瀧井朝世（ライター）

実業家が創立した木津庭特殊商科大学には、学内でのみ流通している仮想通貨、事業ポイントがある。ポイントは学食など学内で使えるだけでなく単位の売買さえ可能だ。そんな架空の大学を舞台に学生たちが繰り広げるポイント争奪戦の行方は——。浅瀬明の『卒業のための犯罪プラン』は、二〇二三年発表の第二十二回『このミステリーがすごい！』大賞の文庫グランプリ受賞作である（応募時のタイトルは海底明『箱庭の小さき賢人たち』）。

主人公の降町歩はこの大学の二年生。その夏、父親が入院して学費の捻出が難しくなり、退学するか、事業ポイントで単位を購入して飛び級で今年卒業するかの二択を迫られている。だが単位の高騰が起きており、あと四か月で三百万ポイント以上を稼がねば卒業は無理だ。彼は高校の先輩で同じ大学に通う黒河和永を頼り、学生やサークルの不正を摘発する監査ゼミを紹介してもらい所属する。そのゼミで学内事業を展開するサークルの不正を摘発すれば、教授が単位修得に融通を利かせてくれるのだ。さっそく不正の疑いのある「数理指南塾」を訪れた降町だったが逆に窮地に陥り、塾の主宰者である熊倉凛子の計画に協力せざるを得なくなる。その計画遂行のために降町は、学内の三賢人に接触する。三賢人とは事業で成功をおさめ巨額のポイントを獲得した三人の学生で……。

　事件が起きて探偵役が調査と推理を重ねていくタイプのミステリーではなく、仮想通貨をめぐるある種の経済小説、あるいはコン・ゲームといえる作品だ。


　まず本作の魅力は、発想と構築力だろう。発想とはもちろん、学校内だけで使用可能な仮想通貨があるというアイデアのこと。そこから、それがどのようなシステム下で実行されているのか、その時に学生たちはどのような事業を起こし、どのような不正を働く可能性があるのか、さらには不正摘発のためにどのような手段が打たれるのか。ビジネスとしてのタイムマシンなどのユニークな事業内容や、単位の高騰などのこの制度だからこそ生じる弊害など、丁寧にシミュレーションして物語世界が構築されている印象だ。また、込み入ったシステムや大学内の様子を、説明的になりすぎず、分かりやすく読者に伝える文章力も魅力だ。

　主人公の降町は序盤では平凡な冴えない青年という印象だが、実は冷静に状況を判断する目を持ち合わせている。彼が淡々とした性格であることは本作の大きな利点。もしも暴走したり感情的になったりするキャラクターだと、この複雑な事態のスピーディな進行のさまたげとなるため、読みながらストレスを感じていたと思う（これは個人的な好みにもよるが）。彼が熊倉と行動するうちに、考えることの楽しさ、アイデアを練ることの面白さに目覚めていく様子は成長物語としても楽しめる。主要人物たちもみな、魅力的だ。最初は計算高そうな印象のある熊倉も少しずつ可愛げが見えて憎めないし、辛辣な黒河も降町に対しては案外面倒見がよく、悪い人ではなさそう。それは三賢人にもいえることで、技術者肌の時岡融、カリスマ性でもって人脈を築く渋谷大河、学内事業からは引退し引き籠っている岩内天音と、三人の立場を書き分け、それぞれのこだわりや内面、人間臭さを感じさせる人物造形が施されている。完全な悪人がいない世界でのコン・ゲームという点が、全編に軽やかさと爽やかさを残している。

物語運びの上手さも評価したい点だ。場面転換のテンポもよく、起承転結の「転」が随所に仕掛けられて飽きさせない。降町が四か月以内で四百万ポイントを取得せねばならないという、タイムリミットと目標が明確に設定されているのも、物語がどこに向かおうとしているのかが明確でエンタメ性を高めている。また、中盤からは黒河の視点も挿入され、降町のあずかり知らぬところで彼に不利な事態が進行していることが分かり、緊張感を高めている。

会話シーンの描き方も上手い。含蓄がありそうな言葉が発せられる場面が多く、登場人物たちのキャラクターが滲み出ているのだが、そこに気取りや気負いは希薄で、それどころか時に黒河に「なんか思っていたより浅いような……」とツッコミを入れさせている。つまりは読者に「なんかうまいこと言おうとしていて気恥ずかしい」と感じさせずに、読ませる会話を成立させているのだ。新人作家がこのトーンで書き切るのは、なかなか難しいのでは。

なによりもの美点は、学生たちの多様な心理が描かれているところだ。事業ポイントを獲得した人間が幸福になる、といった単純な話になっていないのである。ポイント稼ぎから引退した岩内の思い、後半に出てくる親切メーターのアプリによって学生たちに生じる承認欲求の高まりや他人にジャッジされることへの疲弊感、あるいは取り巻きに囲まれた渋谷に垣間見える虚無感……。点数を獲得し、周囲から評価を得られればすべてOKという価値観を肯定していないところに著者の思慮深さを感じる。昨今のSNSでのインプレッション数稼ぎの風潮とそれに対する抵抗感、金儲けが最優先ではない価値観、もっと大きくいえば資本主義社会の行き詰まり感などと呼応して、現代を生きる読者にとって納得のいく展開となっているのではないだろうか。物語の落としどころも心地よく、ストレスフリーのエンターテインメントといってよいだろう。きっとこの先も、現代社会の空気にフィットする作品を書いてくれると期待してしまう。

著者の浅瀬明氏は一九八七年生まれ、東京都出身。都内の高校を卒業し、大学では理工学部建築学科で「建物の音環境」について研究していたという。現在は書店員として働いており、（この先どうなるかは分からないが）覆面作家である。

著者にいくつか質問をしてみた。読書にはまったのは中学生の頃で、金城一紀氏の『GO』を読んだことがきっかけという。そこから「小説をよく読むようになり、自分でもそういう話を考えてみたくなったのだと思います」とのことで、小説を書き始めたのは、おそらく高校生の頃（記憶が曖昧だそうだ）。

最初は思いついたことを乱雑に詰め込んだような話を書いていたが、その後、物語全体のエンターテインメント性や読者の存在を意識するようになり、「やってみると、そのほうが物語を考えるのが楽しく、さらには自分に合っているとも強く感じました」。

その試みの延長でミステリーという形式に挑戦したのが本作である。「長年ため込んでいたアイデアをひとつの物語に、とにかく数多くつぎ込んでみようと思ってストーリーを考え始めました。伏線やトリックを駆使して、読者をいかに物語に釘付けにさせるか、どうやって予想を裏切るかを考えるのは特に楽しかったです」といい、定番からは外れたミステリーとなったため、間口の広い『このミステリーがすごい！』大賞に応募し、文庫グランプリを受賞した。本作については、

「こんな大学があったら楽しいだろうな。こんなビジネスがあったら面白いだろうな。そういう胸が躍るような楽しさを軸とした物語です。サスペンスのハラハラと、冒険小説のようなワクワクを詰め込みました。学生の方にも社会人の方にも楽しんでもらえるはずです。読み終えた時に『自分もこんなことをしてみたい』と思ってもらえたら嬉しいです」

と語り、今後については、

「この受賞に満足せず、さらに面白いものを書けるように邁進していきます。続きが気になって本をめくる手が止まらず、疑り深いミステリーファンたちを最後にあっと驚かせるような話を考えていきたいです。和食や中華、洋食の長所を上手く組み合わせられる料理人のように、さまざまな技法や演出を学ぶ、型にはまらない物語づくりを心がけていきたいです」

とのこと。ミステリーを書く楽しさも自覚しているようだが必ずしも書き手としてジャンルにこだわっているわけではないようで、「さまざまな方法で読者を楽しませるようになりたいと思っています」。そこで好きな作家を訊いてみると、森見登美彦氏、恩田陸氏の名前が挙がった。

「特に恩田さんのように、ミステリー、ファンタジー、青春小説など幅広いジャンルを書ける作家に自分もなれたら嬉しいです。いつか、中学生の頃の自分が衝撃を受けた『ＧＯ』のように、誰かに大きな影響を与えられるような小説を書いてみたいと思います」

休みの日の過ごし方はゲームと散歩。ひたすら歩きながら考え事をするのが好きなんだそうだ。この先もたくさん歩いて、どんどん新しい物語を考え出してもらいたい。

二〇二四年一月

宝島社
文庫

卒業のための犯罪プラン
（そつぎょうのためのはんざいぷらん）

2024年3月20日　第1刷発行

著　者　浅瀬 明
発行人　関川 誠
発行所　株式会社 宝島社
〒102-8388　東京都千代田区一番町25番地
電話：営業 03(3234)4621／編集 03(3239)0599
https://tkj.jp
印刷・製本　中央精版印刷株式会社

Printed in Japan
ISBN 978-4-299-05230-8